文
景

Horizon

社 科 新 知　文 艺 新 潮

文景古典 · 名译插图本

阿里斯托芬喜剧集

地母节妇女

罗念生——译

戴冠的神，疑为得墨忒耳

赤陶雕像，约公元前 6—前 5 世纪

现藏于米兰考古博物馆

Mark Cartwright 摄

少女立像（Kore）

大理石雕像，公元前 525—前 500 年

现藏于雅典卫城博物馆

Ricardo André Frantz 摄

涅西罗科斯与一位妇女对抗

阿提卡红绘双耳喷口罐（krater），约公元前 370 年

现藏于马丁・冯瓦格纳博物馆

Daderot 摄

普路同、得墨忒耳与珀耳塞福涅

大理石牌匾，公元前 4—前 3 世纪

现藏于雅典国立考古博物馆

Dan Diffendale 摄

地母得墨忒耳与地女珀耳塞福涅

赤陶雕像，约公元前 180 年

现藏于大英博物馆

Osama Shukir Muhammed Amin 摄

庆祝地母节的妇女们

弗朗西斯・戴维斯・米利特（Francis Davis Millet）作

布面油画，1894—1897 年

现藏于杨百翰大学艺术博物馆

目　录

地母节妇女

地母节妇女

根据罗杰斯（B. B. Rogers）校勘的《阿里斯托芬的地母节妇女》（*The Thesmophoriazusae of Aristophanes*, George Bell and Sons, London, 1920）希腊原文译出。

场　次

一　**开场**（原诗 1—276 行）

二　**第一场（对驳）**（原诗 277—784 行）

三　**插曲**（原诗 785—845 行）

四　**第二场**（原诗 846—946 行）

五　**舞歌**（原诗 947—1000 行）

六　**第三场**（原诗 1001—1135 行）

七　**合唱歌**（原诗 1136—1159 行）

八　**退场**（原诗 1160—1231 行）

人　物

（以上场先后为序）

欧里庇得斯（Euripides）　古希腊三大悲剧诗人之一

涅西罗科斯　欧里庇得斯的亲戚[1]

仆人　阿伽同（Agathon）的仆人

阿伽同[2]　欧里庇得斯的朋友

女传令员

歌队　由二十四个庆祝地母节的妇女组成

女信徒若干人

女仆若干人　其中两个是妇女甲的女仆，名叫玛尼亚（Mania）和菲利斯忒（Philiste）

妇女甲　名叫弥卡（Mika）

妇女乙

克勒忒涅斯（Kleisthenes）　雅典人

克里梯拉（Kritylla）　女信徒

主席　雅典议事会的主席之一

西徐亚人　弓箭手，为雅典警察[3]

舞女　名叫阿耳忒弥西亚（Artemisia）

布　景

雅典街道；背景里有一所房屋，为阿伽同的住宅

剧景后来换成了雅典地母庙

时　代

公元前 410 年

一　开场

欧里庇得斯偕涅西罗科斯自观众右方上。

涅西罗科斯　宙斯[4]啊，燕子要几时才来？[5]天一亮这人就领着我转来转去，把我折腾得要死。欧里庇得斯，你能不能在我的脾脏完全不中用之前，告诉我你要把我领到哪儿去？

欧里庇得斯　这一切你马上可以目睹，不必耳闻。

涅西罗科斯　你说什么？请你再说一遍。不必耳闻吗？

欧里庇得斯　即将目睹，不必耳闻。

涅西罗科斯　也不必目睹吗？

欧里庇得斯　必须耳闻，不必目睹。

涅西罗科斯　这算什么劝告？说得真妙！你是说，不必耳闻，也不必目睹。

欧里庇得斯 二者的性质互不相同。

涅西罗科斯 是指耳闻和目睹?

欧里庇得斯 当然是。

涅西罗科斯 怎么会互不相同呢?

欧里庇得斯 这样区别。当初埃忒耳[6]初次分裂,从肚里生出能行动的生物,那时候,为了使他们有视觉,她首先造出和太阳的光轮相似的能看见事物的眼睛,再钻出和漏斗相似的能听见声音的耳朵。

涅西罗科斯 有了这只漏斗,我就不必耳闻,不必目睹吗?我懂得了这个道理,真是高兴!同哲人交谈,怪有意思!

欧里庇得斯 你可以从我这里懂得许多这样的道理。

涅西罗科斯 除了这些好道理之外,你能不能教我怎样两条腿装瘸子?[7]

欧里庇得斯 这里来,注意听!

涅西罗科斯 来了。

欧里庇得斯 看见那座小门没有?

涅西罗科斯 我以赫剌克勒斯[8]的名义说,我看见了。

欧里庇得斯 别说话!

涅西罗科斯　别对那扇小门说话吗？

欧里庇得斯　注意听！

涅西罗科斯　听那扇小门说话而不对它说话吗？ 28

欧里庇得斯　大名鼎鼎的悲剧诗人阿伽同住在那里面。

涅西罗科斯　哪个阿伽同？

欧里庇得斯　那个阿伽同——

涅西罗科斯　是不是那个黑脸大汉阿伽同？

欧里庇得斯　不是，是另一个阿伽同。难道你没见过？

涅西罗科斯　是个大胡子？

欧里庇得斯　难道你没见过？

涅西罗科斯　真没见过，也不知道他是谁。 34

欧里庇得斯　你同他搞过恋爱，也许还不知道他是谁。（小门开启）让我们蹲在一旁。他的仆人提着火盆，拿着桃金娘出来了，好像是为他写诗而向神献祭。 38

欧里庇得斯和涅西罗科斯往后退。阿伽同的仆人自屋内上。

仆人　人人缄口肃静！一队文艺女神[9]在主人屋里写抒情诗。宁静的空气不要起风，海上的绿波不要呼啸！

涅西罗科斯　好啊！

45 **欧里庇得斯**　别作声！你说什么？

仆人　让飞禽入睡，林中游玩的野兽停蹄。

涅西罗科斯　好啊，好啊！

仆人　因为风雅的阿伽同，我们的主人，就要——

涅西罗科斯　就要搞恋爱吗？

仆人　谁在说话？

涅西罗科斯　宁静的空气。

仆人　就要架起一出戏的龙骨。他正在把一些新鲜的词句弄弯，有一些他把它们琢磨，有一些他把它们粘上；他编造格言，寻找比喻；他像捏蜡似地捏成圆形；他往模子里灌——

57 **涅西罗科斯**　他是在搞恋爱。

仆人　是哪个凡夫俗子来到我们的墙下？

涅西罗科斯　是一个准备把这个搞圆，弄好，往你和你的风雅诗人的墙里灌的人。

仆人　老头儿，你年轻时候准是个淫荡的人。

欧里庇得斯　好朋友，别理他；千万把阿伽同请出来。

仆人　不必请求；一会儿他就会出来。他正在写抒情诗；时
69 值冬季，不出门来晒太阳，就不容易把诗节弄圆润。

仆人进屋。

涅西罗科斯 我现在干什么？

欧里庇得斯 等他出来。宙斯啊，你今天打算把我怎么样？

涅西罗科斯 我的天，我想知道是怎么回事。你为什么叹息？为什么悲伤？你是我的亲戚，不应当瞒着我。

欧里庇得斯 我有大灾大难，已经酝酿了很久了。 74

涅西罗科斯 什么灾难？

欧里庇得斯 欧里庇得斯是生是死，今天就要判决。

涅西罗科斯 怎么判决？今天是地母节第三天——居间的日子[10]，法院不开庭，议事会不开会。 80

欧里庇得斯 我担心这日子会把我毁了。妇女们在谋害我，她们今天要在地母庙开会，判处我死刑。

涅西罗科斯 为什么？

欧里庇得斯 因为我上演悲剧，讲过她们的坏话。

涅西罗科斯 海神[11]啊！你真是活该受罪！你有什么办法躲过这阴谋？ 87

欧里庇得斯 请求悲剧诗人阿伽同到地母庙去。

涅西罗科斯 去干什么？告诉我。

欧里庇得斯 混在妇女中间参加大会，在必要的时候替我说话。

涅西罗科斯　是光明正大地还是偷偷摸摸地参加？

92 **欧里庇得斯**　穿上女人衣服，偷偷摸摸地参加。

涅西罗科斯　这倒是一条妙计，纯粹是你那一套。要诡计该我们吃蜜饼。[12]

欧里庇得斯　别作声！

涅西罗科斯　出了什么事？

欧里庇得斯　阿伽同出来了。

涅西罗科斯　他是什么样的人？

阿伽同躺在活动台上的卧榻上，由景后被推出来。

欧里庇得斯　那就是他，躺在那上面被推出来了。

涅西罗科斯　我真是瞎了眼睛，没看见那儿有任何一个男人；我只是看见库瑞涅[13]。

欧里庇得斯　别作声！他正在准备唱歌。

阿伽同哼曲子。

100 **涅西罗科斯**　他哼的是蚁径曲[14]还是咏叹调？

阿伽同　（唱歌队长词）女郎们，接住这只敬奉地下神祇[15]

103 的神圣火炬，载歌载舞，赞颂祖国的自由。

（唱歌队词）这歌舞献给哪一位神？告诉我；我诚

心诚意向神致敬。 106

(唱歌队长词)文艺女神啊，快来赞美那开金弓的
神福玻斯，西摩厄斯河畔的城垣是他修建的。[16] 110

(唱歌队词)福玻斯啊，我们唱着最悦耳的歌欢迎
你，音乐庆祝会上的神圣奖品是你颁发的。 113

(唱歌队长词)你们歌颂橡树山上的[……]处女——狩猎女神阿耳忒弥斯。[17]

(唱歌队词)我唱颂歌，赞美勒托[18]的尊严的孩
儿——处女神阿耳忒弥斯。 119

(唱歌队长词)你们也赞美勒托，赞美亚细亚琴音，那琴音同美乐女神所跳的弗利基亚旋舞的节拍相符合。[19]

(唱歌队词)我用美妙雄壮的歌声[20]赞美女神勒
托，赞美弦琴，它是颂歌之母；众神听见琴音和我们发
出的歌声，他们的神圣的眼睛闪闪放光。快赞美福玻斯
王！欢迎啊，勒托的孩儿，快乐的神！ 129

涅西罗科斯 可敬的恋爱女神们[21]啊，这只歌多么柔和悦耳，多么淫荡肉麻！我一边听，一边感觉后面底下发痒。

年轻人——不论你是谁，——我想借用埃斯库罗斯的《吕枯耳癸亚》剧中的话问问你。[22]你这个带女人

气的男人是从哪儿来的？你的祖国是哪个城邦？你的服装是什么式样？[23]这是什么乱七八糟的生活？竖琴怎能对着郁金色袍子弹，弦琴怎能对着发网弹？油瓶[24]怎能和胸带摆在一起？它们是不能搭配的！镜子和剑有什么相干？年轻人啊，你是谁？你是被当作男孩养大的吗？那么你那东西在哪儿？你的外衣[25]在哪儿？你的拉孔尼刻鞋[26]在哪儿？如果你是被当作女孩养大的，那么你的小乳头在哪儿？你怎么回答？你为什么不言语？既然你不愿意亲自告诉我，我只好从你的歌曲上猜
145 想你是男是女。

阿伽同 老汉，老汉，我听见了你的出于嫉妒的谴责，并不感觉痛苦。我是故意穿上这身衣服的。一个诗人须模仿他所写的剧中人物的习气。比方说，要写带女人气的人
152 物，就得一身染上他们的习气。

涅西罗科斯 （向欧里庇得斯耳语）你写《淮德拉》的时候，是不是采用过骑马的姿势？[27]

阿伽同 要写带男人气的人物，就得浑身有男人气。我们不曾具有的习气，可以由模仿得来。[28]

涅西罗科斯 （向欧里庇得斯耳语）你写萨梯洛斯的时候，叫

我一声，我一定拿着这个在你后面帮你写。[29] 158

阿伽同　一个诗人蓬首垢面，也不雅观。试看著名的诗人伊
彼科斯、忒俄斯人阿那克瑞翁和阿尔开俄斯，[30]他们
使歌曲变得很柔和；他们头缠发带，像我这样步步轻移。
还有佛律尼科斯[31]——你该久闻其名，——他相貌漂
亮，衣着漂亮，因此他的戏也漂亮。此所谓文如其人。 167

涅西罗科斯　所以菲罗克勒斯[32]相貌丑陋，他的戏也丑
陋；塞诺克勒斯[33]相貌卑鄙，他的戏也卑鄙；忒俄格
尼斯[34]相貌冷酷，他的戏也冷酷。

阿伽同　必然如此；我懂得这个道理，所以注意保养身体。

涅西罗科斯　看在众神分上，告诉我，你是怎样保养的？ 172

欧里庇得斯　别再噜苏了！我开始写戏的时候，也像他这样
年轻，像他这样一个人。

涅西罗科斯　我以宙斯的名义说，我并不羡慕你的教养。

欧里庇得斯　（向阿伽同）且让我告诉你，我为何而来。

阿伽同　你说吧。

欧里庇得斯　阿伽同，“惟有聪明人才善于把许多意思压缩在
一句话里。”[35]我遭受了奇异的灾难；前来向你求救。

阿伽同　你有什么要求？ 180

欧里庇得斯 妇女们要趁今天在地母节把我处死，因为我讲过她们的坏话。

阿伽同 你要我给你什么帮助？

欧里庇得斯 各种帮助；只要你偷偷摸摸地坐在那些妇女中间冒充女人，替我辩解，你一定救得起我。惟有你善于说话，比起我来毫无逊色。

188 **阿伽同** 你为什么不亲自出场答辩？

欧里庇得斯 我这就告诉你。第一，她们认得出是我；第二，我是个白发老人，又有胡子；你却是个漂亮的小白脸，胡子刮得干干净净，声音像女人，态度温柔，模样儿看起来

192 很美。

阿伽同 欧里庇得斯！

欧里庇得斯 什么事？

阿伽同 你是不是写过这行诗："你喜欢看见太阳光；你以为你父亲就不喜欢吗？"[36]

欧里庇得斯 我写过这行诗。

阿伽同 那就别希望我承担你的苦难。否则，我就是发疯了。你还是自己承担自己的苦难吧。一个人有了灾祸，

199 应当忍受痛苦，不应当玩弄诡计。

涅西罗科斯 （向阿伽同）你这个淫荡的家伙，你之所以成为兔崽子，不是由于你会说话，而是由于你会忍受痛苦。

欧里庇得斯 （向阿伽同）你为什么害怕，不敢到那里去？

阿伽同 我会死得比你更惨。

欧里庇得斯 怎么会呢？

阿伽同 怎么会吗？因为我像是去偷妇人的夜间快乐，夺女人的爱情。

涅西罗科斯 好个“偷”字！宙斯啊，干脆说被强奸吧。你的这个遁词倒也漂亮。

欧里庇得斯 怎么样？这件事你干不干？

阿伽同 别盼望我干。

欧里庇得斯 我真是三重不幸！欧里庇得斯算是完了！

涅西罗科斯 啊，最亲爱的朋友，我的至亲，你不要灰心。

欧里庇得斯 怎么办呢？

涅西罗科斯 叫这家伙去痛哭流涕吧！你想怎样使唤我就怎样使唤我。

欧里庇得斯 你既然慷慨献身，就把外衣脱了。

涅西罗科斯脱下外衣。

涅西罗科斯 扔在地下了。你要把我怎样？

欧里庇得斯 把你的胡子刮干净，把底下的毛烧光。[37]

涅西罗科斯 你看怎样好就怎样办。我不答应，就不该献身

217 给你。

欧里庇得斯 阿伽同，你总是带着剃刀的，借一把给我们。

阿伽同 你自己从刀盒里取吧。

欧里庇得斯 谢谢你的好意！（向涅西罗科斯）坐下，把右边的脸鼓起来。

涅西罗科斯坐下，欧里庇得斯给他刮胡子。

涅西罗科斯 哎哟！

欧里庇得斯 你叫唤什么？你不住嘴，我就给你塞进个钉子。

222 **涅西罗科斯** 哎哟，哎哟！

欧里庇得斯 喂，往哪儿去？

涅西罗科斯 往威严的女神们的庙上去。[38]我以得墨忒耳的名义说，我决不呆在这里，弄得满脸是伤。

欧里庇得斯 你的脸只刮了半边，不叫人笑话么？

涅西罗科斯 我不大在乎。

欧里庇得斯 看在众神分上，不要背弃我！这里来！

229 **涅西罗科斯** 我倒了霉！

欧里庇得斯继续给涅西罗科斯刮胡子。

欧里庇得斯　别动！抬起头来！你往哪里躲闪？

涅西罗科斯　哞，哞！

欧里庇得斯　为什么哞哞叫？刮好了。

涅西罗科斯　啊呀，我倒了霉，又得当轻甲小兵（谐“净颊小生”）了！

欧里庇得斯　别着急！你美极了！想照照镜子吗？

涅西罗科斯　你认为照照好，就拿镜子来。

欧里庇得斯给涅西罗科斯一面镜子。

欧里庇得斯　看见你自己吗？

涅西罗科斯　没看见我自己，却看见克勒忒涅斯。[39]

欧里庇得斯　站起来，好烧你的毛；弯下腰来。 236

涅西罗科斯　哎呀，我倒了霉，就要变成小奶猪了。[40]

欧里庇得斯　谁给我从屋里拿一支火把或者一盏灯来！（向涅西罗科斯）弯下腰来，当心你的尾巴尖儿。

欧里庇得斯烧涅西罗科斯身上的毛。

涅西罗科斯　我会注意的，除非我着火了。哎呀！邻居啊，
趁我的屁股还没有烧着，快拿水来，快拿水来！ 242

欧里庇得斯　你放心。

涅西罗科斯　我已经烧坏了，怎么能放心？

欧里庇得斯 你没有什么苦受了；绝大部分痛苦已经过去了。

涅西罗科斯 呸！看这烟灰！我的屁股全都烧焦了。

欧里庇得斯 别着急！有人会用海绵给你揩干净。

涅西罗科斯 谁给我洗屁股，谁就会痛哭流涕！

欧里庇得斯 阿伽同，你虽然不肯献身给我，总可以借一件衣服和一条胸带给我们；你不能说你没有这些东西。

阿伽同 你们尽管拿，尽管用；我决不吝惜。

涅西罗科斯 拿什么呢？

阿伽同 拿什么吗？先拿那件郁金色袍子穿上。

涅西罗科斯 我以阿佛洛狄忒[41]的名义说，这件衣服有一股香气——男人的臊气。

欧里庇得斯 快把衣服束上。

涅西罗科斯 拿一条胸带来！

欧里庇得斯 在这里。

涅西罗科斯 把腿上的衣服弄平。

欧里庇得斯 我们需要一块发网和一根发带。

阿伽同 给他戴上这顶帽子，这是我夜里戴的。

欧里庇得斯 非常合式。

涅西罗科斯 合我戴么？

欧里庇得斯　好极了！拿一件短外衣来。

阿伽同　从小卧榻上拿一件吧。

欧里庇得斯　我们需要一双皮带鞋。

阿伽同　把我这双拿去。

阿伽同把皮带鞋脱下来递给欧里庇得斯；欧里庇得斯给涅西罗科斯换鞋。

涅西罗科斯　合我穿么？（向阿伽同）原来你喜欢穿宽大的鞋子。

阿伽同　你看出来了；你要的东西都到了手；谁把我快快推回去。 265

阿伽同躺在卧榻上，被推到景后。

欧里庇得斯　（向观众）他虽然是男人，模样倒像女人了；（向涅西罗科斯）可是你说话的时候，声音要学女人，既巧妙而又自然。

涅西罗科斯　（用假嗓子）我会学。

欧里庇得斯　你去吧。

涅西罗科斯　我不去，除非你对我起誓——

欧里庇得斯　起什么誓？

涅西罗科斯　说你一定千方百计救我，要是我陷于不幸的话。 271

欧里庇得斯　我凭空气——宙斯的住所起誓。[42]

涅西罗科斯　为什么不凭希波克剌忒斯的猪圈起誓？[43]

欧里庇得斯　那就凭全体天神起誓。

涅西罗科斯　要记住，你的心起了誓，你的嘴没有起誓；[44]

276 我从来不要人用嘴起誓。

二　第一场（对驳）

地母庙被推出来，庙上挂着幡旗。

欧里庇得斯　快去吧！开大会的幡旗已经在地母庙上挂出来了。我要走了。

欧里庇得斯自观众右方下；涅西罗科斯走向地母庙；歌队和女传令员自观众右方进场，妇女甲、妇女乙、众女信徒和众女仆随上。

涅西罗科斯　特剌塔[45]，快跟上来！特剌塔，你看火炬在燃烧，这么多妇女在烟火之下上来了！最美丽的地母地女啊，欢迎我顺利而来，欢送我顺利而去。特剌塔，把篮子放下，把饼取出来，我要拿去献给这两位女神。最可敬的女神，亲爱的得墨忒耳啊，斐耳塞法塔[46]啊，

让我时常在这里给你献上许多祭品；即使不行，也要让
我这次躲过别人的注意。让我的女孩小洞儿嫁给一个愚
蠢的富翁；让我的男孩大柱儿有头脑，有智慧。哪儿，
哪儿有一个好地方，可以坐下来听她们演讲？特剌塔，
294 走开！女奴隶是不许听这些讲话的。[47]

女传令员 肃静，肃静！向地母地女——得墨忒耳和姑娘——
祈祷；向普路托斯[48]、美丽的女儿[49]、养育青年的革
亚[50]、赫耳墨斯[51]和美乐女神们祈祷，愿他们使这
次的大会和讨论圆满结束，对雅典城有益，对我们自己
有利；愿胜利归于那个为雅典人和妇女们提出最好的建
议、做出最大贡献的女人。你们这样祈祷，为自己求福
311 吧。我们唱胜利之歌，我们唱胜利之歌，尽情欢乐！

歌队 （唱）欢迎你的吉祥话；我们恳求众神前来听取我们的祈祷。威名赫赫的宙斯啊，神圣的得罗斯王，抱着金琴的神[52]啊，还有你，目光炯炯、手执金矛的全能女神，我们的为神们所争夺的城邦守护者[53]啊，快到这里来！多名字的狩猎女神[54]——金眼的勒托的女儿啊！还有你，威严的海神波塞冬啊，快离开那鱼虾成群的、风吹浪高的激流到这里来！海里的涅柔斯的女儿们[55]啊！

游山玩景的仙女们啊！愿金琴为我们的祈祷伴奏；[56]
愿高贵的雅典妇女这次开大会圆满成功。

女传令员 你们向奥林匹斯[57]的众神、众女神，向皮托[58]的众神、众女神，向得罗斯的众神、众女神，以及其他的神祷告吧：如果有人阴谋陷害妇女，或者同欧里庇得斯和波斯人议和，伤害妇女，或者想当独裁君主，或者想恢复专制制度，[59]或者向主人告密，说他妻子养育的是个顶替的儿子；如果有拉皮条的女奴隶凑近主人咬耳朵，或者在报信的时候捏造消息；如果有情夫说假话引诱人，答应的东西却不肯送上门来；如果有老太婆送礼物给情夫；如果有情妇接受别人的礼物，抛弃原来的爱人；如果有酒店的男女老板把大提子、小提子[60]的定量改小，你们就诅咒他本人和他一家人不得好死；你们同时祈求众神把许多福利赐给你们每一个妇女。

歌队 （唱）我们也向神祈祷，愿这些愿望为城邦而实现，为人民而实现，愿胜利归于提出最好意见的女人。至于那些行骗的人，在危难时期图谋私利、背弃盟誓的人，想要修改法令和法律的人，向我们的敌人泄密的人，在危难时期图谋私利、引导波斯人入境的人，我宣布他们

对天神不敬，对城邦不忠。全能的宙斯啊，这番话望能
371 得到你的同意；我们虽是女人，却能得到神们的庇护。

女传令员　大家听啊！妇女议事会决议如下，主席为提摩克勒亚，书记为吕西拉，提案人为索斯特剌忒[61]：“于地母节居间日——即我等闲暇之日——清晨召开大会，主要讨论欧里庇得斯之问题，并予以适当处罚；我等全体
379 议事员议定其有罪。”谁要讲话？

妇女甲　我要讲话。

女传令员　在讲话之前，先戴上这顶花冠。肃静，肃静！大家注意听！她现在像演说者那样清清嗓子。她看来要发
381 表长篇讲话。

妇女甲　诸位女士，我以地母地女的名义说，我之所以站起来讲话，并不是因为我爱出风头，而是因为我看见你们长期被欧里庇得斯——一个女菜贩的儿子[62]——欺负，用各种各样的话辱骂，哎呀，我真是难受！还有什么恶行他没有利用来糟蹋我们？哪里有剧场、悲剧演员和歌队，他就在哪里诽谤我们，管我们叫淫妇、男人迷、酒鬼、叛徒、长舌妇、废物、丈夫的大祸害；因此他们刚从剧场里回来，就瞟我们一眼，随即到处查看，怕有奸

夫藏在屋里。这样一来，我们从前搞惯了的事，现在不能搞了。是他把这样一些很坏的念头传授给我们的丈夫的：如果有妻子编织花冠，她就会被认为是在同别人搞恋爱；如果有妇人在屋里走动的时候把一只器皿掉在地下，她丈夫就会问："这只瓦罐是你由于思念谁而打烂的？难道不是由于思念那个科林斯客人吗？"[63]如果有人问某个女孩子是不是病了，她哥哥立刻就会说："那个女孩子的颜色一点也不使我喜欢。"[64]如果有妇人不生孩子，想弄个婴儿来顶替，这件事不可能躲过丈夫的注意，因为他会坐在产褥旁边等候。从前老头子总是娶年轻的姑娘，这家伙却当着他们诽谤我们，因此如今没有一个老头子愿意结婚了，这都是因为有了这样一行诗："老头儿的新婚妻子是个女王。"[65]此外，由于这家伙的指教，他们现在在闺门上打上印记，安上插销，把我们看管起来；[66]他们还养了摩罗西亚狗[67]来吓唬我们的情人。他的这些罪过都还可以原谅。从前我们管家，可以偷大麦粉、橄榄油、葡萄酒，现在不行了；因为我们的丈夫现在经常把小钥匙带在身上，那是一些秘密的、可恨的东西，拉孔尼刻货，有三颗牙齿。

从前我们花三个俄玻罗斯仿造一只戒指，就可以偷偷地开门而入；[68]现在这个家生家养的奴隶欧里庇得斯却教他们随身带着用虫蛀过的木头制成的印。因此我现在提议，想办法把这家伙干掉，毒死也行，用别的手段杀死也行。这是我的公开发言，其余各点，我将和书记一
432 同起草。

歌队 （抒情歌首节）我从没有听过一个比她更精明更会谈吐的女人讲话。她的话都是合情合理的；各种方法她都研究过，各种细节她都考虑过，她巧妙地构成了这篇丰富多彩、别出心裁的议论。若是塞诺克勒斯，卡耳客诺斯的儿子，在她之后发言，我猜想他的话在我们大家听来，一定会显得空空洞洞。

妇女乙 我站出来只有几句话要说，因为在别的事情上，她已经很有力地控告了他。我只想讲我个人的遭遇。我丈夫死在库普洛斯[69]，留下五个小儿女，我好容易靠我在桃金娘市场上编织花冠养活他们。在此以前，我还能养活一家人，尽管是半饥半饱；但如今，这家伙写悲剧，向观众宣称没有神，[70]因此我的花冠连半数也卖不出去了。我现在劝大家，请大家根据许多理由惩罚这人；

诸位女士，这家伙曾经对我们犯下野蛮的罪行，[71]因为他是吃野菜长大的。我现在要到市场去，给买主编织二十顶订购的花冠。

妇女乙自观众右方下。

歌队 （抒情歌中节）这篇讲话也有胆量，比头一篇更巧妙。她的话并不是不合时宜，她有机智，有复杂的头脑；这些话不难懂，完全令人信服。这家伙侮辱我们，毫无疑问，该受惩罚。

涅西罗科斯 诸位女士，你们听见欧里庇得斯说你们的坏话，大为生气，连胆汁都要沸腾了，这也难怪。我本人也恨他，否则我就成了疯人了，只有这样，我才能享受儿女之福。可是这件事，我们得讨论讨论；现在只有我们自己在场，不会有人把我们的话泄漏出去。我们干过千百件坏事，要是他只知道两三件，只讲两三件，在这种情形下，我们为什么要怪罪于他，生他的气？先讲我自己，不讲别人。我意识到我干过许多这样的事情，这一件是最骇人听闻的：当时我结婚才三天，我丈夫正睡在我身边；我有一个情人——我刚满七岁，他就引诱了我，——他因为想我，跑来搔我的门；我立刻就明白了，偷偷地下楼去。我丈夫问我："你下楼上哪儿去？""上哪儿去吗？丈夫，我肚子痛得厉害，要上厕所。""那你就去吧。"他随即把一些杜松子、茴香子和藿香舂烂。我用水把门上的转轴浸湿，然后出门去找我的情人；他把我斜放在方尖柱旁边，我抓住桂树枝，[72]弯过头来。你们看，这件事欧里庇得斯从来没有讲过。他也没有讲我们找不到别的情人，就同奴隶和骡夫要好；也没有讲我们同情人尽兴地玩了一夜，早上嚼一些大蒜，我们的丈夫从城墙上回来的时候[73]闻见了大蒜气味，一点也不怀疑我们干过坏事。你们看，这些事他从来没有讲过。即使他责骂过淮德拉，[74]那同我们有什么相干？他没有提起那个把上衣对着阳光给丈夫看而把情人遮掩起来送走的女人——这件事他从来没有讲过。我知道另外一个女人，她说了十天肚子痛要分娩，直到她买到了一个婴儿；她丈夫四处奔走去买催生药；一个老太婆把婴儿带来了，婴儿是装在罐子里的；她把一片蜜蜂窝塞在他嘴里，免得他啼哭。她向主妇点头，表示她把婴儿带来了，那妇人登时就嚷道："丈夫，走开，走开！我猜想我就要分娩了。这小东西把这肚皮——这罐子的肚皮踢了一下。”她丈夫高高兴兴地走了；她随即把蜜蜂窝从婴儿嘴里掏了出来，婴儿就呱呱地哭起来了。于是那个把婴儿带来的可恶的老太婆笑嘻嘻地跑到那男人面前对他说：“你生了一个狮子，一个狮子，是你的模样，一身都象你，连那个都和你的一样，像松树的小球果那样弯弯的。”难道我们没有干过这些坏事吗？我以阿耳忒弥斯的名义说，我们干过。[75]我们所受的罪并不大于我们所犯的罪，为什么要生欧里庇得斯的气呢？[76]

歌队 （抒情歌次节）这才怪呢！这件事是她从哪儿听来的？这样一个莽撞的女人是什么地方养大的？我真没有想到这个坏女人胆敢在大众面前这样无耻地胡言乱语。如今任何事情都可能发生。我称赞这句古老的谚语：每块石头都要翻开来看，免得演说家螫你。[77]

歌队长 再也没有什么东西比天生无耻的女人更坏，那只能是女人。[78]

妇女甲 诸位女士，我以阿格饶罗斯[79]的名义说，你们的神志不清醒；你们不是吃了毒药，就是患了别的大病，才容许这害人虫这样侮辱我们全体妇女。要是有人帮助我们惩罚她，那是再好没有的事；要是没有的话，我们

和我们的女仆们将弄点灰来，以便把她的毛拔掉，教训
539 她身为女人，今后不可再讲女人的坏话。

涅西罗科斯　诸位女士，别拔我的毛。如果我们享有言论自
由，我们这许多市民都可以在这里讲话，即使我袒护了
欧里庇得斯，说了一些我认为是正当的话，难道为了这
543 件事，你们就该惩罚我，拔我的毛吗？

妇女甲　我们不该惩罚你吗？惟有你敢于替那家伙辩护，他
曾经对我们干过许多坏事，故意编出一些讲坏女人的故
事，写出一些墨拉尼柏[80]和一些淮德拉，却没有写过
548 一个珀涅罗珀，只因为她被公认是个贞洁的女人。[81]

涅西罗科斯　我知道其中的原由，就是因为你不能从今日
的妇女当中举出一个珀涅罗珀来；你只能举出一些淮德
拉来。

妇女甲　诸位女士，你们听啊，这坏东西又在讲我们全体妇
女的坏话了！

涅西罗科斯　我所知道的事情还没有讲完；你们要我多讲一
553 些吗？

妇女甲　你没有什么可讲的了；你所知道的事情全都倒出来了。

涅西罗科斯　我们干过的事情，我还没有讲出万分之一。你

看，我还没有讲我们用刮子偷麦子的事情。[82]

妇女甲　该死的东西！

涅西罗科斯　我还没有讲我们过阿帕图里亚节的时候，把肉偷来送给拉皮条的妇人，反而说是猫——[83]

妇女甲　哎呀！你胡说。

涅西罗科斯　我还没有讲有个女人用斧头砍死她的丈夫，[84]也没有讲另一个女人拿春药给丈夫吃，使他发狂，也没有讲那个阿卡奈[85]女人把她的父亲——

妇女甲　该死的东西！

涅西罗科斯　埋在澡盆下面。

妇女甲　这些话叫人听得下去吗？

涅西罗科斯　我还没有讲你趁你的女奴隶生了个儿子，把婴儿弄来顶替，把你的小女儿送给她。

妇女甲　我以地母地女的名义说，你讲了这句话，不能不受惩罚；我要拔你的头发。

涅西罗科斯　宙斯在上，不许你碰我！

妇女甲　你看！

涅西罗科斯　你看！

妇女甲解下上衣。

568 **妇女甲**　菲利斯忒，接住我的上衣。

涅西罗科斯　我以阿耳忒弥斯的名义说，你要是伸手碰我，我就要——

妇女甲　就要干什么？

涅西罗科斯　叫你把吃下肚的芝麻糕吐出来。[86]

歌队长　不要再骂了；我看见一个女人急急忙忙向我们跑来。[87]在她到达之前，你们都静下来，大家正正经经

573 听她报告消息。

克勒忒涅斯自观众右方上。

克勒忒涅斯　亲爱的女士们，我的生活习惯和你们一样，我的下巴也不长胡子，可见我是你们的朋友；我是个女人迷，我永远是你们的保护人。刚才我在市场里听见有人提起一件牵涉到你们的重要事情，特别跑来向你们报告，使你们小心防备，免得不留神就遭遇到可怕的重大

581 祸害。

歌队长　孩子，是什么事？我可以管你叫孩子，只要你的下巴一直是这样光溜溜的。

克勒忒涅斯　据说欧里庇得斯今天打发了一个老头子——他的亲戚到这里来。

歌队长　来干什么？为什么目的而来？ 586

克勒忒涅斯　来侦察你们的言论，看你们在审议什么，要干什么？

歌队长　他是男人，混在女人中间怎能躲过我们的注意？

克勒忒涅斯　欧里庇得斯把他的毛烧焦了，拔光了；把他完全扮成女人了。

涅西罗科斯　你们相信他的话么？哪个男人这样愚蠢，连自
己的毛都肯让人拔掉？最可敬的地母地女啊，我一点也
不相信。 594

克勒忒涅斯　你胡说；我要是没有从知情的人那里听见这件事情，就不会前来报告。

歌队长　他报告的是一件可怕的事情。诸位女士，我们不可
坐着不动；快寻找那家伙，查查他坐在什么地方，藏在
什么地方，躲过我们的注意。（向克勒忒涅斯）我们的
保护人啊，你帮我们找找吧，我们对你感激不尽。 602

克勒忒涅斯　让我想想看。（向妇女甲）从你开始，你是谁？

涅西罗科斯　（旁白）我往哪里逃呢？

克勒忒涅斯　你们都要受检查。

涅西罗科斯　（旁白）我倒了霉！

妇女甲　你问我是谁吗？克勒俄倪摩斯[88]家的。

克勒忒涅斯　你们认识这女人吗？

607 **歌队长**　我们认识。你去检查别的女人吧。

克勒忒涅斯　那抱着孩子的女人是谁？

妇女甲　我家的奶妈。

涅西罗科斯　（旁白）我完了！

克勒忒涅斯　喂，你往哪儿跑？站住！你哪儿不舒服？

涅西罗科斯　让我解溲去。

克勒忒涅斯　真不害臊！你解去吧，我在这里等你。

涅西罗科斯自景后下。

歌队长　等等她，仔细检查她！先生，只有她一个人我们不认识。

克勒忒涅斯　（向景后的涅西罗科斯）你解溲呆了好些时候了。

涅西罗科斯　（自景后）是呀，好朋友；我害尿淋沥症，因
616 为昨天吃了水芹菜子末[89]。

克勒忒涅斯　怎么扯到水芹菜子末上面去了？还不快到我这里来？

克勒忒涅斯到景后把涅西罗科斯拖出来。

涅西罗科斯 我有病，为什么拖我？

克勒忒涅斯 告诉我，你的丈夫是谁？

涅西罗科斯 你问起我的丈夫吗？你认识科托客代乡[90]的某某人吗？

克勒忒涅斯 某某人？什么人？

涅西罗科斯 就是某人，他曾经把某人——某人的儿子——

克勒忒涅斯 你看来是在胡扯。你从前上这里来过吗？

涅西罗科斯 每年都来过。

克勒忒涅斯 谁和你同住一个帐篷？

涅西罗科斯 某某人和我同住。哎呀！

克勒忒涅斯 废话！

妇女甲 （向克勒忒涅斯）请你走开。我要就去年的仪式详细盘问她。请你站开；你是男人，不能听。

克勒忒涅斯退到一旁。

（向涅西罗科斯）告诉我，那次的仪式，第一个节目是什么？

涅西罗科斯 让我想想看。第一个节目是什么？我们喝酒。

妇女甲 此后，第二个节目是什么？

涅西罗科斯 我们互相祝酒。

妇女甲 这是你听别人说的。第三个节目是什么?

涅西罗科斯 塞倪拉[91]叫人给她一个小钵，因为那里没有
632 便盆。

妇女甲 废话！克勒忒涅斯，过来，过来！这就是你说的那个男人。

克勒忒涅斯上前。

克勒忒涅斯 要我干什么?

妇女甲 把他的衣服脱了；他的话说得不对。

638 **涅西罗科斯** 你们要脱有九个儿女的母亲的衣服吗?

克勒忒涅斯 不害臊的东西，赶快把胸带解开！

克勒忒涅斯把涅西罗科斯的胸带解开。

妇女甲 他多么健壮结实！他不像我们这样有奶子。

涅西罗科斯 因为我是个石女，没有开过怀。

妇女甲 你现在是石女了，刚才却是有九个儿女的母亲。

克勒忒涅斯 直直地站起来！你要把那个[92]推到哪儿去?

644 **妇女甲** 它弯着腰，颜色很鲜，这个坏蛋！

克勒忒涅斯 它到哪儿去了?

妇女甲 又到前面去了。

克勒忒涅斯 不在前面。

妇女甲 不在前面；又到这里来了。

克勒忒涅斯 你这家伙，你有了一个地岬，你把这个拖过来，拖过去，比科林斯人拖船还要频繁。[93] 648

妇女甲 可恶的东西！原来是这么回事，所以他会袒护欧里庇得斯，辱骂我们。

涅西罗科斯 我倒了霉，把自己推到祸事里来了！

克勒忒涅斯 好好监视他，免得他跑了；我去向主席团[94]报告。 654

克勒忒涅斯自观众右方下。

歌队长 我们现在把火炬点燃，鼓起勇气把胸带束紧，把上衣解下，找一找，看有没有别的男人混进会场。整个普倪克斯[95]、每个帐篷都要走到，每条过道都要检查。来呀，让我们快步出发，悄没声儿到处视察；时机不容耽误，我们不可拖延；我们赶快去转一转。追踪吧，到处找找，看有没有别的男人偷偷地坐在这些地方。向各个方向转动你的眼睛，这边望望，那边望望，到处仔细检查。 666

歌队 （短歌首节）要是发现有人偷偷地犯了渎神罪，他就该受到惩罚，还要成为一个榜样，叫别的男人看看一个无法无天、亵渎神明的人的下场；……他从此会说，神显然是存在的；他会教世上的人尊敬天神……遵守神圣的法则，注视法律的条文，做正当的事情。要是人们不照此而行，他们就会有这样的报应：要是他们干大不敬的事被人捉拿，他们就会发疯……不管他们做什么事情，他们都会使每一个女人和男人清清楚楚看见神当场
685 惩罚他们的无法无天的罪行。（本节完）

歌队长　我们认为每个角落都仔细检查过了，没有发现别的男人坐在这里。

涅西罗科斯从妇女甲怀中把她的婴儿抢到手，然后跑向神坛避难。

妇女甲　啊，啊！你往哪里，往哪里逃？你这家伙，你这家伙，还不快停下来！我倒了霉，倒了霉！他从我怀中抢
691 走了我的婴儿，他跑了！[96]

涅西罗科斯　尽管嚷吧；不放我走，你就不能再喂这孩子一口了。我将在这里，在这些腿肉上面，用这把祭刀把孩子的脉管割断，[97]把神坛弄得鲜血淋漓。

妇女甲　我倒了霉！女士们，你们不来援助吗？你们不大声吼叫，不建立胜利纪念柱[98]，眼看我失去了这惟一的孩子吗？

歌队长 哎呀，哎呀！威严的命运女神们啊，我看见的是什么怪现象？这是多么大胆的无耻行为！朋友们，他干的是什么事，什么事！

涅西罗科斯 我要把你们的傲慢态度压下去。

歌队长 这不是一件可怕而又可怕的事情吗？

妇女甲 他抢走了我的婴儿，这是一件可怕的事情。 706

歌队 （次节）他无耻到极点，连这样的事情都干得出来，人们对此还有什么话说？

涅西罗科斯 我要干的事情还没有干完呢。

妇女甲 你到了这里就逃不掉；你决不能轻易就跑回去夸口，说你干了一件什么样的事情，又能溜之大吉，因为你就要吃苦头了。 713

涅西罗科斯 我求神保佑，但愿不会吃苦头。

歌队 你干了不正当的事情，哪一位，哪一位永生的神会来帮助你？

涅西罗科斯 你白费唇舌；我决不把孩子还给你。 718

歌队 我以地母地女的名义说，你侮辱我，说出大不敬的话，不能不受惩罚；我们要用大不敬的行动回敬你，这是合情合理的。也许命运会把你扔到另一种灾祸里，把

725 你压倒。（短歌完）

歌队长 （向妇女甲）你带着这些人去搬些柴来，把这个坏蛋化成灰，快快烧死！

妇女甲 （向女仆）玛尼亚，我们去搬葡萄藤。

729 （向涅西罗科斯）我今天要把你烧成红炭。

妇女甲偕众女仆自观众左方下。

涅西罗科斯 尽管放火，尽管烧！（向婴儿）你得赶快把克里特[99]衣服解开！奶娃娃，只好怪你妈妈害死你。

涅西罗科斯把婴儿的衣服解开。

这是什么东西？这女娃变成了一只皮囊，肚里装满了酒，脚上穿一双波斯鞋。[100]你们这些任性的女人啊，你们这些嗜酒的女人啊，你们想尽办法喝酒；你们使酒店老板享大福，使我们遭殃，使我们的小家具和布

738 料也遭殃。[101]

妇女甲偕众女仆拿着葡萄藤自观众左方上。

妇女甲 玛尼亚，把许多葡萄藤扔到他面前。

涅西罗科斯 尽管扔！可是你得回答这句问话：你是不是说过这孩子是你生的？

妇女甲 是的；我怀她怀了十个月。

涅西罗科斯 你怀过她么？

妇女甲 我凭阿耳忒弥斯起誓，我怀过她。 742

涅西罗科斯 这东西装多少？装得下三小提子[102]么？请你告诉我。

妇女甲 你对我捣了什么鬼？不要脸的东西，你把我的婴儿的衣服剥光了，她是这么小啊！

涅西罗科斯把酒囊拿给妇女甲看。

涅西罗科斯 这么小吗？

妇女甲 真的小得很。 745

涅西罗科斯 她几岁了？她已经过了三个还是四个大酒钟节？[103]

妇女甲 大概过了那么多大酒钟节，还要加上上次酒神节以后一段时间。[104]把她还给我。

涅西罗科斯 我以这里的阿波罗的名义告诉你，我就是不还。

妇女甲 那我们就要把你烧死。

涅西罗科斯 尽管烧吧；我却要马上把她杀死。

妇女甲 我求你不要杀；你愿意把我怎么样都行，只是不要杀她。

涅西罗科斯 你天生是个慈爱的母亲。可是我还是要把她杀死。 753

涅西罗科斯把酒囊上的腿撕开一只。

妇女甲 哎呀，我的孩儿！玛尼亚，把那个祭盆给我，用来接我的孩儿的血。

涅西罗科斯 你端着盆儿在下面接，这个恩惠赏给你。

涅西罗科斯喝酒，一点也没有洒掉。

妇女甲 愿你不得好死！你多么吝啬，多么不客气！

涅西罗科斯 这皮子归女祭司所有。

妇女甲 什么东西归女祭司所有？

涅西罗科斯 接住这个。

涅西罗科斯把皮囊扔给妇女甲。克里梯拉自观众右方上。

克里梯拉 最不幸的弥卡，谁抢了你？谁把你亲爱的孩子抢走了？

妇女甲 这个坏蛋。你既然来了，就请你看住他，我去带着克勒忒涅斯向主席团报告这家伙犯下的罪行。

妇女甲自观众右方下。

涅西罗科斯 （自语）现在有什么挽救办法？做什么打算？打什么主意？那个把我推到这样的祸害里的人，那个应当负责的人还没有来。我打发谁去给他报信？我知道有个办法，是从《帕拉墨得斯》剧中得来的；我要像剧中人物那样把信刻在桨上，把桨扔到海里。[105]可是那些桨不在这里。哪里去找桨？哪里去找？哪里去找？要是我用这些还愿的匾代替桨，把信刻在上面，把匾到处扔，这个办法怎么样？好得很。这些匾是木制的，那些桨也是木制的。 775

（唱）我这双手啊，快着手做一件救命的事。光滑的木板啊，快接受这雕刀刻成的字迹——我的苦难的信使。哎呀，这个 ρ[106]怪难看！（向雕刀）快移动，快移动！你刻出了一条什么样的长沟！（向还愿的匾）你们走吧，向各条道路前进，朝那边走，朝这边走！要快啊！ 784

三　插曲[107]

歌队长　（序曲）让我们上前，在观众面前称赞我们自己。

歌队长　（插曲正文）每个人都讲过许多诽谤女人的话，说我们是男人的祸水，一切灾害——吵嘴、打架、引起动乱的内讧、伤心事、战争，都是由我们引起的。喂，如果我们是祸水，你们为什么要娶我们，如果我们真是祸水的话？你们为什么禁止我们出门，禁止我们向外眺望，怕被人发现？你们为什么这样热心把祸水看管起来？如果小娘子外出，你们发现她在大门外面，[108]你们就气得发狂；其实你们应当向神祭奠，应当喜欢，如果你们真的发觉这祸水已经跑出去，在家里再也找不见了。如果我们过节玩累了，在朋友家里睡觉，你们每人就到各处床上寻找这祸水。如果我们在窗口眺望，你们就都想看这祸水一眼；如果我们害羞退回去，你们每人就更想看见这祸水再到窗口眺望。由此可见，我们比你们好得多，有块试金石可以检查出来。让我们来测验一下，看谁更坏。我们说你们更坏，你们却说我们更坏。我们来检查，一个个地比较，把每个女人、每个男人的名字并列起来。卡耳弥诺斯不如瑙西玛刻，事实很明显。[109]克勒俄丰在各方面都不如萨拉巴克科。[110]许久以来，你们当中没有人敢同斯特剌托尼刻和马拉松战役的女英雄阿里斯托玛刻[111]比赛。在那些于去年把职务移交给别人的议事员当中，哪一位赶得上欧部勒？[112]（指着一位观众）连他也不敢这样说。所以我们自夸我们比男人好得多。[113]也没有一个女人偷过城邦五十个塔兰同，居然乘车上卫城。[114]我们偷得最多，也不过只偷丈夫一篓麦子，而且当天就归还了。 813

歌队长 （快调）我们能指出你们当中有许多人做过这类事情。你们并且是比我们更大的饕餮、扒手、祭坛前的乞丐、绑架奴隶的人贩子。说起保存祖传的财产，你们也不如我们。直到如今，我们的卷纱柱、压线杆、小提篮[115]和遮阳伞依然完好；我们的丈夫有许多却把他们的杆子连同矛尖一起在家里丢失了，还有许多在战场上把他们的遮阳盾从肩上扔掉了。[116]

歌队长 （后言）我们女人有合法的权利，有正当的理由对男人大加责备；这个谴责特别严重。如果我们当中有谁生了一个对城邦有益的儿子，一个队长或者一个将军，她就该受到一些尊敬，就该在斯忒尼亚节、阳伞节[117]以及我们所庆祝的其他节日里坐前排座位；但是如果有女人生了一个胆小无用的儿子，一个不中用的舰长或笨拙的舵手，她就该坐在英雄的母亲后面，头发剃成鼎锅盖[118]。城邦啊，这怎么公平？许珀玻罗斯的母亲竟坐在拉马科斯的母亲旁边，[119]身穿白袍，头发飘扬，在那里放债。她对谁放债，要子息，谁也不应当付她子息，而应当把她的本钱扣留下来，对她说："你生了这样的子息，倒也该要子息啊！"

四　第二场

涅西罗科斯　我望他眼都望斜了；他还没有来。是什么事情妨碍了他？他一定是因为《帕拉墨得斯》这出戏枯燥乏味而感到羞耻。要用哪一出戏才能把他引诱来？我知道了；我要模仿他的新人物海伦[120]。碰巧我穿的也是女
人衣服。 851

克里梯拉　你又在搗什么鬼？为什么张着嘴呆望？要是你在主席到达之前不守规矩，我立刻叫你看一个痛哭流涕的
海伦！ 854

涅西罗科斯扮演海伦。

涅西罗科斯　“这些是美丽的仙女们游玩的尼罗河支流，这河水代替天降的雨水滋润着白色的埃及的平原、喝黑泻

857 剂的（谐‘拖黑尾衣的’）人。”[121]

克里梯拉　我以打火把的赫卡忒[122]的名义说，你是个坏蛋。

涅西罗科斯　“我的故乡斯巴达并不是没有名声，我的父亲乃是廷达瑞俄斯。”[123]

克里梯拉　该死的东西，他是你的父亲吗？佛律农达斯[124]

861 才是。

涅西罗科斯　“我名叫海伦。”

克里梯拉　你刚才装女人，已经受到惩罚，现在又变成了女人吗？

涅西罗科斯　“许多人的性命都为了我的缘故丧失在斯卡曼德洛斯河边。”[125]

克里梯拉　愿你的性命也丧失在那里。

涅西罗科斯　“我现在是在这里；但是我的不幸的丈夫墨涅拉俄斯还没有来。[126]那么我为什么还是活着的呢？”[127]

克里梯拉　因为乌鸦胆怯。

涅西罗科斯　“还有一线希望鼓舞着我的心。宙斯啊，不要

870 使这初露曙光的希望落空！”

欧里庇得斯装扮墨涅拉俄斯自观众右方上。

欧里庇得斯　“谁是这城堡似的住宅的主人呀？[128]他会不

会接待一个在大海上遭遇风暴打破了船的客人？”

涅西罗科斯　“这是普洛透斯的宫殿。”[129]

克里梯拉　是哪一个普洛透斯的宫殿？你这三重不幸的人！（向欧里庇得斯）我以地母地女的名义告诉你，他是在撒谎，因为普洛忒阿斯[130]已经死了七年了。 876

欧里庇得斯　“我们乘船到了什么地方了？”

涅西罗科斯　“到了埃及了。”

欧里庇得斯　“哎呀，我们已经航行了多么远呀！”

克里梯拉　你相信这个不得好死的人的胡言乱语吗？这是地母庙。 880

欧里庇得斯　“普洛透斯本人是在家里还是不见了？”

克里梯拉　客人啊，你还在晕船，你已经听说普洛忒阿斯已经死了，还问他“是在家里还是不见了”。

欧里庇得斯　“哎呀，他已经死了！埋在什么地方？”

涅西罗科斯　“我坐的地方就是他的坟墓。” 886

克里梯拉　愿你不得好死！你胆敢把这神坛叫做坟墓，一定不得好死。

欧里庇得斯　“客人啊，你为什么坐在这坟头上，用衣服蒙着头？”

涅西罗科斯 “他们强迫我和普洛透斯的儿子同床。”

克里梯拉 倒霉鬼，你为什么又欺骗这客人？（向欧里庇得斯）客人啊，这家伙是个坏蛋，他上这里来混在妇女当中偷我们的金首饰。

涅西罗科斯 “你尽管汪汪叫，尽管骂。”

欧里庇得斯 “客人，那辱骂你的老妇人是谁？”

涅西罗科斯 “是忒俄诺厄——普洛透斯的女儿。”[131]

克里梯拉 我以地母地女的名义告诉你，她不是忒俄诺厄，而是克里梯拉，安提忒俄斯的女儿，伽耳革托斯乡人氏。[132]你是个坏蛋！

涅西罗科斯 （向忒俄诺厄）“你高兴说什么就说什么。我决不背弃我的在特洛亚作战的丈夫墨涅拉俄斯而嫁给你的哥哥。”

欧里庇得斯 “夫人，你说什么？把你的发亮的眼睛转向这边。”[133]

涅西罗科斯 “我羞于见你，因为我的脸受了伤。”

欧里庇得斯 “这是怎么回事？我说不出话来了！众神啊，我看见的是谁的面貌？夫人，你是谁？”

涅西罗科斯 “可是你是谁呀？你我都有同样的话要问。”[134]

欧里庇得斯　“你是希腊人还是本地的妇女？”[135]

涅西罗科斯　“我是希腊人。我也想知道你是什么地方的人。”[136]

欧里庇得斯　“夫人，我看你同海伦正是一模一样。”[137]

涅西罗科斯　“看这些香草就知道你是墨涅拉俄斯了。”[138] 910

欧里庇得斯　“你认对了我这个最不幸的人。”[139]

涅西罗科斯　“啊，你终于回到你妻子的怀抱里来了！[140]我的丈夫，快拥抱我，拥抱我，双手搂住我！来啊，让我亲亲你！快把我带走，带走，带走，带走，要快啊！”

克里梯拉　我以地母地女的名义说，谁把你带走，谁就会挨火把，痛哭流涕！ 917

欧里庇得斯　“你要阻止我把我的妻子，廷达瑞俄斯的女儿带回斯巴达吗？”

克里梯拉　在我看来，你也是个坏蛋，是这家伙的顾问。难怪你们一直在模仿狡猾的埃及人。这家伙将受惩罚，因为主席来了，弓箭手也来了。 923

欧里庇得斯　情形不妙；我得溜走。

涅西罗科斯　我这不幸的人怎么办呢？

欧里庇得斯　安安静静呆在这里。我决不背弃你；只要我还有一口气，我的千万条妙计不会辜负我。

928 **涅西罗科斯** 这条线没有钓上鱼。

欧里庇得斯自观众右方下。议事会的主席偕西徐亚人自观众右方上。

主席 这人是不是克勒忒涅斯向我们报告的坏蛋？（向涅西罗科斯）你这家伙，为什么搭拉着头？弓箭手，把他带进去绑在刑板上，再把他拖出来，严加看守，别让任何人同他接近；要是有人接近，就用鞭子抽他。

935 **克里梯拉** 刚才倒是有个骗子差一点把他从我手里弄走了。

涅西罗科斯 主席啊，我凭你的右手——你经常凹着手心[141]伸出来的手——求你在我临死之前，给我一点小恩惠，要是有人给你银子的话。

主席 你要我给你什么恩惠？

涅西罗科斯 叫弓箭手先把我的衣服脱光，再把我绑在刑板上，免得乌鸦在吃我的时候，讥笑我这老头子穿着郁金

942 色袍子，缠着发带。

主席 议事会决定把你绑起来，让你仍然穿着这身衣服，就这样示众，才显出你是个坏蛋。

主席自观众右方下。

涅西罗科斯　哎呀呀！郁金色袍子啊，你害了我了！我再也没有得救的希望了。 946

西徐亚人押着涅西罗科斯自景后下，克里梯拉自观众右方下。

五　舞歌

歌队长　（环舞曲）来啊，让我们玩耍，妇女们照常在这里
寻欢作乐，当我们在神圣的节日里为地母地女举行庄严
仪式的时候，这个节日也是泡宋所庆祝的，他不进酒
食，[142]多次向地母地女恳求，希望一个个节日接踵而
952 来，让他时常留心庆祝。

起步啊，前进啊，迈着轻捷的步伐扯个大圆圈，手
牵着手，踏着舞蹈的节奏进行；快步跳啊！歌队可以东
959 瞻西望，眼睛转来转去。

每个人都唱歌，用歌声和狂欢的舞蹈向奥林匹斯的
众神致敬。如果有人希望我，一个女人，在举行神圣典

礼的时候讲男人的坏话，他的想法不对头。 966

我们应当先停止这环舞的优美的步伐，唱一支颂歌。[143] 968

歌队 （舞歌首节）前进，我们歌颂那善于弹琴的神[144]和那佩带弓箭的贞洁的女神阿耳忒弥斯。远射的女神啊，欢迎你；请赐我们以胜利[145]。我们还应当歌颂婚姻之神赫拉[146]，每一个歌舞队都有她在里面寻欢作乐，她随身带着婚姻的钥匙。 976

（次节）我还要恳求牧人的神赫耳墨斯、潘和亲爱的仙女们[147]前来欣赏我们跳舞，满面慈祥，笑逐颜开。我们诚心诚意跳庄严的舞蹈。姐妹们，让我们照常这样行乐，不进酒食。 984

歌队长 现在踏着合拍的脚步跳另一种舞蹈，唱高声的歌曲。头缠常春藤的巴克科斯[148]，我的主啊，请你亲自带领这歌队；我要唱这支配合舞蹈的颂歌赞美你。 989

歌队 （旋舞曲首节）欧伊俄斯，宙斯的儿子啊，布洛弥俄斯，塞墨勒的孩儿啊，你喜欢在山上观看仙女们的悦耳的歌声中的舞蹈，欧伊俄斯啊，欧伊俄斯啊，欧嗬！欧伊俄斯啊，你来带头跳舞。[149]

（次节）客泰戎[150]山中的回音在你周围荡漾，那林木茂盛的青山和石谷也有了回声；叶儿鲜妍的常春藤在你头上长出了卷须。

六　第三场

涅西罗科斯被绑在刑板上，由西徐亚人自景后拖上场。

西徐亚人　你现在在这儿对着天痛哭吧。

涅西罗科斯　弓箭手，我求你。

西徐亚人　你求我，不可以。

涅西罗科斯　把钉子弄松点。

西徐亚人　我是在干这个。

西徐亚人把钉子钉得更紧。

涅西罗科斯　哎呀，我倒了霉！你把它钉得更紧了。

西徐亚人　还要我大大地钉紧吗？

涅西罗科斯　哎呀呀！愿你不得好死！

西徐亚人 倒霉的老头儿，住口！我去拿席子来，坐在上面看住你。

西徐亚人到景后拿出一床席子，把它摊在场中，躺在席上看住涅西罗科斯。

涅西罗科斯 这就是我从欧里庇得斯那里得到的好处！哈哈！众神啊，救主宙斯啊，有了希望了！

欧里庇得斯穿着飞鞋，提着戈耳戈的头从空中飞过。[151]

那人看来不会背弃我，他装扮珀耳修斯在那里一晃，
给了我一个信号，我得扮演安德洛墨达。碰巧我也是被
1014 绑着的。很明显，他会来救我；否则他不会从旁飞过。

涅西罗科斯扮演安德洛墨达。

（唱）“亲爱的，亲爱的姑娘们[152]，我要怎样才能
离开，才能躲过这西徐亚人的注意？洞里的应和者啊，
1021 你听见没有？请你点头允许我回到夫人那里。[153]

那把我这最不幸的女子绑起来的人是个无情的汉子。我好容易才从那腐朽的老婆子[154]手里逃生，到头来还是一命呜呼。这个西徐亚看守一直站在旁边盯住我，他把我这落难的、无亲无友的人吊起来喂乌鸦吃。你看见

没有？我不是和歌队在一起，也不是和同年的女伴们在一起，拿着判决票站在漏斗前面，[155]而是被缠在结实的链子里，躺在这里，喂给海怪格劳刻忒斯吃。[156]姐妹们，快为我悲叹，你们不要唱婚姻之歌，要唱锁链之歌；因为我这不幸的人遭了不幸，哎呀，哎呀，我还从亲人们[157]手里受到另一种非法的虐待！我恳求那人救我，我发出临死的哀号，哎呀，哎呀，哦哟！是他先把我的胡子刮光，再给我穿上郁金色袍子，然后把我送到妇女们开会的庙上来的。掌管我的命运的无情的神啊！我倒了霉！我的灾难就是这样暴露，谁能不看一眼这不堪羡慕的厄运？但愿天空中带火的流星为我把这蛮子烧死！[158]我再也无心看那不灭的阳光了，因为我被吊在这里，这是神赐的割喉咙的痛苦，到死者那里去的幽暗的旅行！” 1055

厄科 （自景后）亲爱的孩子，你好！愿神们毁灭你父亲刻甫斯——那个把你遗弃的人。

涅西罗科斯 “你这个怜悯我的苦难的人是谁？” 1058

厄科 （自景后）是厄科，答话的嘲笑者，我曾于去年在这同一个地点帮助过欧里庇得斯夺取戏剧奖赏。[159]孩子啊，你得演你自己的戏，悲惨地哭泣。

涅西罗科斯 “你也得跟着哭泣。”

厄科 （自景后）我自会留神，你开始念吧。

涅西罗科斯 “神圣的夜啊，你乘车绕了多么长的路，你驰过了神圣的空中星光灿烂的穹隆，驰过了庄严的奥林匹斯上空。”[160]

厄科 （自景后）“奥林匹斯上空。”

涅西罗科斯 “这莫大的灾难，我安德洛墨达为什么遭受呢？”[161]

厄科 （自景后）“为什么遭受呢？”

涅西罗科斯 “死亡，哎呀！”

厄科 （自景后）“死亡，哎呀！”

涅西罗科斯 “老婆子[162]，你会害死我，这样唠叨！”

厄科 （自景后）“这样唠叨！”

涅西罗科斯 “你真是烦死我了！”

厄科 （自景后）“烦死我了！”

涅西罗科斯 “好朋友，让我唱一支独唱曲，请你答应我的请求。别再回应了！”

厄科 （自景后）“别再回应了！”

涅西罗科斯　“滚去喂乌鸦吃！”

厄科　（自景后）“滚去喂乌鸦吃！”

涅西罗科斯　“什么讨厌的东西？”

厄科　（自景后）“什么讨厌的东西？”

涅西罗科斯　“你胡说！”

厄科　（自景后）“你胡说！” 1080

涅西罗科斯　“你去痛哭吧！”

厄科　（自景后）“你去痛哭吧！”

涅西罗科斯　“你去流泪吧！”

厄科　（自景后）“你去流泪吧！”

西徐亚人　喂，你说啥？

厄科　（自景后）“喂，你说啥？”

西徐亚人　我去请主席来。

厄科　（自景后）“我去请主席来。” 1084

西徐亚人　是啥讨厌的东西？

厄科　（自景后）“是啥讨厌的东西？”

西徐亚人　这声音是从啥地方来的？

厄科　（自景后）“这声音是从啥地方来的？”

西徐亚人　（向涅西罗科斯）是你在说话吗？

厄科 （自景后）“是你在说话吗？”

西徐亚人 你要痛哭的！

厄科 （自景后）“你要痛哭的！”

西徐亚人 （向涅西罗科斯）是你在笑我吗？

1089 **厄科** （自景后）“是你在笑我吗？”

涅西罗科斯 不是我，是旁边的女人。

厄科 （自景后）“是旁边的女人。”

西徐亚人 那可恶的东西在啥地方？

涅西罗科斯 她正在逃跑。

西徐亚人 你往啥地方，往啥地方逃跑？你别高兴！

1094 **厄科** （自景后）“你别高兴！”

西徐亚人 你还要嘟哝吗？

厄科 （自景后）“你还要嘟哝吗？”

西徐亚人 逮住那可恶的东西！

厄科 （自景后）“逮住那可恶的东西！”

1097 **西徐亚人** 那唠唠叨叨的该死的女人！

欧里庇得斯装扮珀耳修斯自空中下降。

欧里庇得斯 “众神啊，我穿着这飞鞋来到了何处的番邦？

我珀耳修斯提着戈耳戈的头，脚生双翼，在苍天的中央劈开一条路到阿耳戈斯去。”[163]

西徐亚人 你说啥？你提着的是作家戈耳戈斯[164]的头吗？

欧里庇得斯 “我是说戈耳戈的头。”

西徐亚人 我也是说戈耳戈斯。 1104

欧里庇得斯 “啊，我看见的是什么山冈，是谁家少女，貌似女神，象一只船系在那上面？”

涅西罗科斯 “客人啊，怜悯我这十分不幸的人，把我的链子解开吧！”[165]

西徐亚人 还不住口？该死的东西，你快死罗，还要哇啦哇啦？

欧里庇得斯 “女郎啊，看见你吊在那里，我怜悯你！” 1110

西徐亚人 他不是女郎，是犯罪的老头儿，是小偷、坏蛋。

欧里庇得斯 “西徐亚人，你胡说。她乃是刻甫斯的女儿安德洛墨达。”

西徐亚人 你看看那个；不小吧？ 1114

欧里庇得斯 “把你的手给我，我要下来抚摸那姑娘；给我吧，西徐亚人！每个人都害相思病；我也陷入了这姑娘织成的情网之中。”

西徐亚人 我并不吃醋；他的背转到这边来罗，我并不嫉妒

1120 你把他带走，同他要好。

欧里庇得斯 “西徐亚人啊，你为什么不让我把她解下来，和她一同睡在床上，睡在婚床上？”

西徐亚人 如果你很想同这老头儿要好，你就在这刑板上打

1124 个洞，从后面进行。

欧里庇得斯 “不；我要把她的链子解了。”

西徐亚人 那我就拿皮鞭抽你。

欧里庇得斯 “我一定要解。”

1127 **西徐亚人** 那我就拿弯刀砍你的头。

欧里庇得斯 “啊，怎么办？还有什么话可说？这蛮子的脾气就是不听话。向愚蠢的人提出新鲜的、聪明的建议，是

1132 白费唇舌。[166]我得另想一个适合于对付这家伙的办法。”

欧里庇得斯自空中退出。

西徐亚人 可恶的狐狸！他是在骗我。

涅西罗科斯 “珀耳修斯，你要记住，你丢下我一人在此，多么凄凉！”

1135 **西徐亚人** 你还想挨皮鞭吗？

七　合唱歌

歌队　（唱）我照常邀请那喜欢舞蹈的帕拉斯[167]，那位女神，不出嫁的姑娘到歌队里来。 1139

（第一曲首节）你守护着我们的城邦，掌握着实权，号称司钥者。你恨独裁君主恨得有理，请你前来！[168]

（第一曲次节）妇女们在邀请你；请你带着爱好节日的和平女神到我这里来。 1147

（第二曲首节）可敬的女神们，请你们高高兴兴、满面慈祥地来到你们的圣地上，这地方是不许男人来观看女神们的庄严的仪式的，只有你们在火炬照耀下显出神圣的容光。 1154

（第二曲次节）最可敬的地母地女，请你们前来，
请你们光临！要是你们从前曾经听从我们的祈祷到过这
1159 里，现在也请前来，我们恳求你们到这里来。

八　退场

西徐亚人入睡。欧里庇得斯装扮老妇人，手提竖琴，偕舞女自观众右方上。

欧里庇得斯　诸位女士，只要你们愿意同我讲和，从今后，你们再也不会听见我讲你们的坏话了。这就是我的建议。 1163

歌队长　你为什么提出这个建议？

欧里庇得斯　这个绑在刑板上的人是我的亲戚。只要我能把他带走，你们再也不会听见我讲你们的坏话了；你们若是不答应，我就把你们现在偷偷干的事情告诉你们的丈夫，当他们从军队里回来的时候。 1169

歌队长　你放心，我们答应你；但是这个蛮子，你自己去说服他。

欧里庇得斯　那是我的事。

（向舞女）小鹿儿，你要记住我在路上吩咐你的事情，好好地干。先从他身边走过，再把裙子提起来捆在胸上。

忒瑞冬，奏波斯舞曲。[169]

景后奏双管乐，欧里庇得斯弹竖琴。西徐亚人醒来。

西徐亚人　啥东西嗡嗡叫？啥地方来的狂欢队把我惊醒啰？

欧里庇得斯　弓箭手，这小姑娘就要开始练习。她要到酒会上去跳舞。

西徐亚人　让她跳舞，让她练习，我决不阻拦。

舞女跳舞。

多么轻捷，像羊皮垫上的跳蚤。

欧里庇得斯　来，孩子，把上衣脱了，坐在那西徐亚人的膝头上，把脚伸出来，我给你脱鞋子。

西徐亚人　大大地可以，请坐，请坐，大大地可以，我的小姑娘。

舞女坐在西徐亚人的膝头上。

啊，这小东西多么结实，像萝卜。

欧里庇得斯　双管乐奏快点。（向舞女）你还害怕这个西徐亚人吗？

西徐亚人 她的后面很美。你不躲在衣服下面，就要挨打！抬起头来，褪下皮，偷偷地看。好的！[170]她的前面也很美。

欧里庇得斯 很好！把上衣穿上；是时候了，我们该走了。

西徐亚人 先亲我一下嘴，不行吗？

欧里庇得斯 当然可以。（向舞女）亲他一下嘴。

舞女吻西徐亚人。

西徐亚人 啊，啊，她的舌头多么甜，像阿提刻蜂蜜！她为啥不能躺在我身边？

欧里庇得斯 这可不行；弓箭手，再见。

西徐亚人 行，行，老婆婆！帮我一个忙！

欧里庇得斯 你肯给我一个德拉克马吗？

西徐亚人 行，行；我给你。

欧里庇得斯 把钱拿来。

西徐亚人 可是我没有现钱；你把这弓箭袋拿去吧。以后让我赎回。小女孩，跟我走。老婆婆，请你看住这老头儿。（向舞女）你叫啥名字？

欧里庇得斯 阿耳忒弥西亚。

1201 **西徐亚人** 我会记住她的名字。（向舞女）阿耳塔穆克西亚！[171]

西徐亚人偕舞女自观众左方下。

欧里庇得斯 狡猾的赫耳墨斯啊，这件事你做得好！[172]（向西徐亚人）你带着那小女孩跑了，我就把他放了（向涅西罗科斯）你一获释，要像男子汉那样逃跑，回家去和
1206 你的妻子儿女团聚。

涅西罗科斯 我一获释，自会关心。

欧里庇得斯释放涅西罗科斯。

欧里庇得斯 你已经获释了。这是你的事，趁弓箭手还没有
1209 来逮捕你，赶快逃跑。

涅西罗科斯 我正在逃跑。

涅西罗科斯自观众右方急下，欧里庇得斯随下。西徐亚人偕舞女自观众左方上。

西徐亚人 老婆婆啊，你的小女儿多么可人，多么温柔，一点脾气也没有。老婆婆在啥地方？哎呀，我完啰！那个老头儿啥地方去啰？老婆婆啊，老婆婆啊！老婆婆，我再也不称赞你啰。阿耳塔穆克西亚！这老婆子骗了我。

西徐亚人把弓箭袋拾起来又扔掉。

赶快滚蛋！这东西应当叫作标枪，因为它干了屁事。

哎呀，咋办？老婆婆在啥地方？阿耳塔穆克西亚！

歌队长 你是在打听那个提竖琴的老婆婆吗？

西徐亚人 是的，是的。你看见她没有？

歌队长 （指着一条路）她从这条路走了，还有个老头子跟着她。

西徐亚人 是那个穿郁金色袍子的老头儿吗？

歌队长 是的。（指着另一条路）你从这条路追去，可以把她逮住。

西徐亚人 可恶的老婆子！她是往哪条路逃跑的？阿耳塔穆克西亚！

歌队长 一直往山上追。[173]

西徐亚人朝观众右方的出口追去。

你往哪儿跑？还不快回头往这条路追去？你是在朝相反的路上跑。

舞女自观众左方逃跑。

西徐亚人 真是倒了霉！阿耳塔穆克西亚跑啰。

西徐亚人自观众左方急下。

歌队长 你跑吧，你跑吧，一路顺风去喂乌鸦吃！

我们行乐够了；是时候了，我们每个人该回家了。

愿地母地女把美好的奖品赐给我们。[174]

歌队自观众右方退场。

注　释

[1] 本剧上演时（公元前 410 年），欧里庇得斯（公元前 480？—前 406）已经是七十岁上下。“亲戚”一词，一般认为是指欧里庇得斯的次妻科厄里勒（Khoerile）的父亲涅西罗科斯（Mnesilokhos）。但是从剧中对话的语气看来，这两人的关系并不象岳婿关系。剧中的涅西罗科斯大概是科厄里勒的族人，可能是她的弟兄。

[2] 阿伽同（公元前？—前 401？）是革新派悲剧诗人。

[3] 西徐亚（Skythia，又译作“斯库提亚”）人是黑海北岸的游牧民族。古雅典警察是由西徐亚人充当的，他们在执行任务时携带弓箭，故称为“弓箭手”。

[4] 宙斯（Zeus）是克洛诺斯（Kronos）和瑞亚（Rhea）的儿子，为众神之首。

［5］ 古雅典地母节在皮阿涅普西翁月（Pyanepsion，古雅典阴历四月）初十至十三日（公历 10 月尾）庆祝。涅西罗科斯走累了，在这秋末冬初时节感到不舒服，盼望春天来临。燕子是报春鸟。

［6］ 埃忒耳（aither）是制造天和万物的原料。欧里庇得斯曾经在他的悲剧《海伦》（*Helene*）第 584、586 行中提起赫拉（Hera）用埃忒耳制造了一个假海伦。阿里斯托芬经常把埃忒耳作为欧里庇得斯所信奉的神。

［7］ 讽刺欧里庇得斯在悲剧里制造过许多瘸子，参看阿里斯托芬的喜剧《阿卡奈人》第 411 行、《蛙》第 864 行。

［8］ 赫剌克勒斯（Herakles）是宙斯和阿尔克墨涅（Alkmene）的儿子，为希腊最伟大的英雄，死后升天成神。

［9］ 文艺女神共九位，为宙斯和记忆女神的女儿，称为缪斯（Mousa）。

［10］“地母节”原文作“忒斯摩福里亚”（Thesmophoria），意思是“制定习惯法的女神的节日”。“制定习惯法的女神”指得墨忒耳（Demeter），得墨忒耳是克洛诺斯和瑞亚的女儿，为宙斯的姐姐。得墨忒耳为宙斯所爱，生女儿珀耳塞福涅（Persephone）。得墨忒耳是保护农作物的女神，又是制定社会习惯、保护家庭、婚姻的女神。雅典的地母节是妇女的节日，共庆祝四日。第一日叫“忒斯摩福里亚节”，又叫

“上庙节”（以别于四日的总名称），雅典妇女于该日上地母庙准备庆祝事宜。第二日叫“下地节”，纪念珀耳塞福涅被冥王哈得斯（Hades）架走，带到地下去。第三日叫“断食节”，因为珀耳塞福涅被架走，妇女很是悲伤，不进食物。这一天没有什么活动，剧中的妇女利用这闲暇，开会讨论欧里庇得斯诽谤妇女的问题。第四日叫“祝贺生育美丽的女儿的母亲的节日”，祝贺得墨忒耳把她的女儿珀耳塞福涅从地下迎接回来。“居间的日子”指“下地节”与“祝贺生育美丽的女儿的母亲的节日”之间的日子。古希腊人把“上庙节”作为第一日，“下地节”作为第二日，“断食节”作为第三日。第三日处于第二日与第四日之间。

［11］“海神”指波塞冬（Poseidon）。波塞冬是克洛诺斯和瑞亚的儿子，为宙斯的哥哥。

［12］“蜜饼”原是犒赏值夜班的兵士和比赛整夜喝酒而不打瞌睡的胜利者的奖品。

［13］库瑞涅（Kyrene）是个妓女。

［14］像蚁冢中的道路那样纤细而曲折的曲子。

［15］指得墨忒耳和珀耳塞福涅。

［16］福玻斯（Phoibos）是阿波罗（Apollon）的别名，阿波罗是宙斯和勒托（Leto）的儿子。西摩厄斯（Simoeis）河在特洛亚（Troia）境内，特洛亚在小亚细亚西北部。传说特洛亚的城垣是阿波罗和海神波

塞冬为特洛亚国王拉俄墨冬（Laomedon）修建的。

［17］ 阿耳忒弥斯（Artemis）是宙斯和勒托的女儿，为阿波罗的姐姐。这节诗缺三个音缀。

［18］ 勒托是提坦（Titan）神科俄斯（Koios）和提坦女神福珀（Phobe）的女儿。勒托为宙斯所爱，怀孕后受到宙斯的妻子赫拉的迫害，逃到爱琴（Aigaion）海上的得罗斯（Delos）岛，生阿耳忒弥斯和阿波罗。

［19］ “琴”指弦琴，是一种用龟壳制造的小竖琴，从小亚细亚的吕狄亚（Lydia）传来的。美乐女神共三位，为司爱与美的女神阿佛洛狄忒（Aphrodite）的伴侣。弗利基亚（Phrygia）在小亚细亚西北部。

［20］ 阿伽同的歌曲并不“雄壮”，诗人是在讽刺阿伽同的靡靡之音。

［21］ “恋爱女神们”原文作“革涅梯利得斯”（Genetyllides），革涅梯利得斯是谈情说爱的女神（不是司爱与美的女神阿佛洛狄忒）。

［22］ 埃斯库罗斯（Aiskylos，公元前525—前456）是古希腊三大悲剧诗人之一。《吕枯耳癸亚》（*Lykourgia*）是埃斯库罗斯的一个“四部曲”，第一部曲叫《厄多涅斯人》（*Edones*），第二部曲叫《巴萨里得斯》（*Bassarides*，意思是酒神的女信徒们），第三部曲叫《青年们》，第四部曲是萨梯洛斯剧（Satyros）《吕枯耳戈斯》（*Lykourgos*）。吕枯耳戈

斯是厄多涅斯人的国王，他曾经攻击过酒神狄俄倪索斯（Dionysos）。

［23］ 这三句问话引自《厄多涅斯人》。

［24］“油瓶”是用来装橄榄油的瓶子。古希腊的男子，特别是运动员，用橄榄油润皮肤。

［25］ 古希腊男人的外衣是一块长方形布料，用来裹在身上，左端搭在左肩上。

［26］ 拉孔尼刻（Lakonike）在伯罗奔尼撒（Peloponnesos）半岛南部，其中最大的城邦是斯巴达（Sparta）。拉孔尼刻鞋是男人穿的红色鞋子。

［27］《淮德拉》（*Phaidra*）指欧里庇得斯的悲剧《希波吕托斯》（*Hippolytos*），该剧写淮德拉爱上她丈夫的前妻的儿子希波吕托斯。“希波吕托斯”这名字的意思是“把马放松”，因为这名字中含有 hippos（“马”字），所以涅西罗科斯借此讲猥亵语。

［28］ 这句（自“我们”起）戏拟欧里庇得斯的悲剧《埃俄罗斯》（*Aiolos*，已失传）中的剧词。

［29］ 萨梯洛斯分羊人和马人。羊人是神使赫耳墨斯（Hermes）和一位仙女的儿子，他们额上有角，鼻圆耳尖，性情淫荡。古希腊的“四部曲”，前三部曲是悲剧，第四部曲是萨梯洛斯剧，分羊人剧和马人剧。欧里庇得斯传下一出羊人剧，叫作《圆目巨人》（*Kyklops*），该剧

的歌队是由羊人组成的。

[30] 伊彼科斯（Ibykos）是意大利西南部瑞癸翁（Rhegion）城的人，为公元前6世纪的抒情诗人。阿那克瑞翁（Anakreon，公元前550？—前465？）是小亚细亚西岸中部忒俄斯（Teos）城的人，他写抒情诗，歌颂爱情与醇酒。阿尔开俄斯（Alkaios）是爱琴海累斯博斯（Lesbos）岛上密提勒涅（Mytilene）城的人，为公元前7世纪末叶的抒情诗人。

[31] 佛律尼科斯（Phrynikhos）是公元前6世纪末5世纪初的悲剧诗人。

[32] 菲罗克勒斯（Philokles）是埃斯库罗斯的外甥，为公元前5世纪的悲剧诗人。索福克勒斯上演《俄狄浦斯王》（*Oidipous Tyrannos*），得次奖，头奖被菲罗克勒斯夺去了。参看阿里斯托芬的喜剧《马蜂》第462行。

[33] 塞诺克勒斯（Xenokles）是悲剧诗人卡耳客诺斯（Karkinos）的大儿子，为公元前5世纪悲剧诗人。欧里庇得斯在公元前415年上演《特洛亚妇女》（*Troades*），得次奖，头奖被塞诺克勒斯夺去了。参看阿里斯托芬的喜剧《马蜂》的“退场”。

[34] 忒俄格尼斯（Theognis）是公元前5世纪的悲剧诗人，诨号“白雪诗人”。

[35] 这句引自欧里庇得斯的悲剧《埃俄罗斯》。

[36] 这行引自欧里庇得斯的悲剧《阿尔刻提斯》(*Alkestis*)第691行，该剧中的阿德墨托斯(Admetos)命中注定要早死，他请求他父亲斐瑞斯(Pheres)替他死，斐瑞斯因此这样问他。“看见太阳光”即活在世上的意思。

[37] 据说这一景模仿克剌提诺斯(Kratinos)的喜剧《伊代俄人》(*Idaioi*)中的情节，该剧的歌队可能是由伊代俄人组成的，伊代俄人是女神库柏勒(Kybele)的祭司，他们有女人气，甚至把身上的毛拔去。

[38]“威严的女神们”指报仇神厄里倪厄斯(Erinyes)，一共三位，她们是地和夜的女儿，头缠毒蛇，眼滴鲜血，样子很可怕。她们的圣地可以庇护求救的人。

[39] 克勒忒涅斯是个有女人气的人。

[40] 吃奶的小猪可用来祭神，猪毛用火烧干净。

[41] 阿佛洛狄忒是宙斯和狄俄涅(Dione)的女儿，为司爱与美的女神。

[42] 这行是由欧里庇得斯的悲剧《聪明的墨拉尼柏》(*Melanippe Sophe*)中的剧词改编而来的，原剧词的意思是:“我凭神圣的空气——宙斯的住所起誓。”

［43］ 这里提起的希波克剌忒斯（Hippokrates）是雅典政治家伯里克理斯（Perikles）的侄儿，为雅典将军，他在公元前424年战死。他的儿子们被称为“笨猪”。

［44］ 这两句戏拟欧里庇得斯的悲剧《希波吕托斯》中的剧词。该剧中的希波吕托斯（雅典国王忒修斯［Thesseus］的儿子）曾经对老乳母起誓，答应不把她即将向他说的话泄漏出去；他起誓以后才知道是关于他的后母淮德拉对他的爱慕之情的话。他后来想把那些话告诉别人，老乳母便警告他不要违背他的誓言，他因此说：“我的嘴起了誓，我的心却没有起誓”（第612行）。淮德拉由于遭受拒绝而羞愧自杀，遗书反诬希波吕托斯企图侮辱她。

［45］ 特剌塔（Thratta）是一个假想的女仆。

［46］ 斐尔塞法塔（Phersephatta）是雅典人称呼珀耳塞福涅的名称。

［47］ 女奴隶是可以跟随女主人进入这个会场的，但因为特剌塔是一个假想的女仆，所以涅西罗科斯借故把她打发走。

［48］ 普路托斯（Ploutos）是伊阿西翁（Iasion）和得墨忒耳的儿子，为财神和地下财宝和谷物的赐与者。这里借用来指冥王普路同（Plouton），通称哈得斯（Hades）。

［49］ 指珀耳塞福涅。

［50］ 革亚（Gea，又作该亚［Gaia］）是混沌的女儿，为地神，她生乌剌诺斯（Ouranos，即天）和蓬托斯（Pontos，即海）。

［51］ 赫尔墨斯是宙斯和迈亚（Maia）的儿子，为众神的使者。

［52］ “神”指阿波罗。得罗斯（Delos）岛在爱琴海南部，为阿耳忒弥斯和阿波罗的出生地。

［53］ “女神”指雅典娜（Athena）。雅典娜是宙斯的女儿，是个处女神。她曾经同海神波塞冬竞争，要做雅典人的都城的守护神，她献出一支橄榄，波塞冬献出一匹马。雅典人选中象征和平的橄榄枝，奉雅典娜为守护神，这都城便以雅典娜的名字为名称，叫作雅典城。

［54］ “狩猎女神”原文作“杀野兽的孩子”，指阿耳忒弥斯。阿耳忒弥斯有许多名字，阿里斯托芬在《马蜂》和《云》中称呼她为狄克廷娜（Diktynna，意思是“用网捕兽的女神”），在《骑士》和《吕西斯特剌塔》（*Lysistrata*）中称呼她为阿格洛忒拉（Agrotera，意思是“狩猎女神”）。

［55］ 涅柔斯（Nereus）是蓬托斯和革亚的儿子，为爱琴海中的水神；他娶他的姐妹多里斯（Doris）为妻，生了五十个女儿。

［56］ 歌队请阿波罗弹琴。

［57］ 奥林匹斯（Olympos）是希腊北部的高山，为众神的住处。

［58］ 皮托（Pytho）是阿波罗的圣地得尔福（Delphoi）的古名，

得尔福在科林斯（Korinthos）海湾北岸福喀斯（Phokis）境内。

［59］在古希腊民主运动期间，往往有野心家借民众的力量夺取政权，成为独裁君主（一译僭主）。雅典的庇士特拉妥（Peisistratos）就是这样在公元前 560 年成为独裁君主的；他的次子希帕卡斯（Hipparkhos）在公元前 514 年被刺死，长子希庇阿斯（Hippias）在公元前 510 年被放逐。希庇阿斯在公元前 490 年企图借波斯的兵力进行复辟，没有成功。自从希庇阿斯被放逐后，雅典公民大会每次开会前都由传令员诅咒任何一个想成为独裁君主的人。

［60］“大提子”原文作“科俄斯”（khoos），“小提子”原文作“科梯勒”（kotyle）。十二科梯勒合一科俄斯，一科俄斯约合 3.5 公升。

［61］这里模拟雅典的议事会。雅典议事会须准备议案，提交公民大会讨论。提摩克勒亚（Timokleia）、吕西拉（Lysilla）、索斯特剌忒（Sostrate）很像是由男人的名字提摩克勒斯（Timokles）、吕西克勒斯（Lysikles）、索斯特剌托斯（Sostratos）转化而来的。诗人可能在这里讽刺三个有女人气的男人。

［62］据说欧里庇得斯的母亲克勒托（Kleito）是个卖菜的妇人，这个说法大概是喜剧诗人编造的。

［63］“科林斯客人”一词引自欧里庇得斯的悲剧《斯忒涅波亚》（*Stheneboia*，已失传）。“客人”指柏勒洛丰忒斯（Bellerophontes）。柏

勒洛丰忒斯是科林斯国王格劳科斯（Glaukos）的儿子，他曾经到阿耳戈斯（Argos）国王普洛托斯（Proitos）家里作客，被普洛托斯的妻子斯忒涅波亚爱上了。该剧中有这样两行诗："没有一件从她手里落下的东西不引起她的注意；她立即嚷道：'这都是由于这位科林斯客人。'"这两行诗可能是该剧中一个拉皮条的人物说的话，那人大概是在向柏勒洛丰忒斯述说斯忒涅波亚由于爱上了他而神经失常。科林斯在伯罗奔尼撒东北部。

［64］ 这句戏拟欧里庇得斯的剧词。这女孩子的哥哥疑心他妹妹偷情，怀了孕。

［65］ 这行引自欧里庇得斯的悲剧《福尼克斯》（*Phoinix*，已失传）。

［66］ 这里影射欧里庇得斯的悲剧《达娜厄》（*Danae*，已失传）中的情节，该剧中同名的女主人公被她父亲阿克里西俄斯（Akrisios）锁在一个铜塔里，因为神示说她会生一个儿子，那儿子日后会杀死他的外祖父。宙斯化为金雨和达娜厄来往，达娜厄因此生下珀耳修斯（Perseus）。珀耳修斯后来掷铁饼，误伤了阿克里西俄斯，使他受伤而死。

［67］ 摩罗西亚（Molossia）在希腊西北部，那里出产一种非常凶猛的看羊狗。

［68］ 一个俄玻罗斯（obolos）合六分之一德拉克马（drakhme）。

当时一般劳动人民每天的收入是四个俄玻罗斯。戒指可以当印使用。这些妇女把原来的封印毁掉；她们偷了东西之后，在门上涂上粘土，用买来的戒指在粘土上打上假印。

[69] 库普洛斯（Kypros）岛在地中海东部。

[70] 欧里庇得斯的悲剧《柏勒洛丰忒斯》中有这样的诗句："谁说天上有神？没有神，没有神。"

[71] 戏拟欧里庇得斯的悲剧《福尼克斯》中的诗句："女人犯过最野蛮的罪行。"

[72] 方尖柱象征街道的保护神阿波罗，柱旁栽着桂树，桂树是阿波罗的圣树，是由阿波罗所喜爱的女子变成的。

[73] 内战期间，男子要在夜里守城。

[74] 参看注[44]。

[75] 阿耳忒弥斯是接生女神，她知道这些秘密。阿耳忒弥斯和阿波罗是孪生姐弟，她母亲生阿波罗的时候，她就给母亲接生。

[76] 这句戏拟欧里庇得斯的悲剧《忒勒福斯》（*Telephos*）中的剧词，原剧词的意思是："我们所受的罪并不大于我们所犯的罪，为什么要生气呢？"

[77] 这谚语的原意是："免得蝎子螫你。"

[78] 这句戏拟欧里庇得斯的悲剧《被缚的墨拉尼柏》（*Melanippe*

Desmotis）中的剧词，原剧词的意思是："再也没有比坏女人更坏的东西。"观众以为歌队长会说出"怪物"一类的词，哪知她却说出"女人"。

［79］阿格饶罗斯（Agraulos）是雅典国王刻克洛普斯（Kekrops）和阿格饶罗斯（母女同名）的女儿，她曾经为保证雅典的安全而牺牲了自己的性命。

［80］墨拉尼柏是刻戎（Kheiron）的女儿，她和埃俄罗斯（Aiolos）有私情，生了两个儿子，她把他们藏在牛圈里，然后告诉她父亲，牛也会生人。

［81］珀涅罗珀（Penelope）是俄底修斯（Odysseus）的妻子。她丈夫参加特洛亚战争，一去二十年。有许多人到她家里向她求婚，都被她拒绝了。后来她丈夫回来，把求婚的人统统杀死，夫妻才得团圆。

［82］刮子是古希腊人在沐浴时用来刮汗垢的工具。这里是说用刮子戳个洞，偷储藏的麦子。

［83］阿帕图里亚（Apatouria）节是氏族节，在皮阿涅普西翁月（参看注［5］）举行，古雅典年满二十岁的青年在这个节日里正式成为雅典公民。涅西罗科斯的意思是说，有些妇女在节日偷了过节的肉，却撒谎说是猫偷吃了。

［84］这里暗指欧里庇得斯曾经在《赫卡柏》（*Hekabe*）第1279行，《特洛亚妇女》第361行，《厄勒克特拉》（*Elektra*）第160、279、

1160行描写克吕泰涅斯特拉（Klytaimnestra）用斧头砍死她丈夫阿伽门农（Agamemnon），阿伽门农是攻打特洛亚的希腊联军的统帅。

[85] 阿卡奈（Akharnai）是古雅典北部的一个乡区。

[86] 挖苦妇女甲在“断食节”吃过东西。

[87] 这人是克勒忒涅斯，他穿女人衣服，所以歌队长以为她看见一个女人跑来。

[88] 阿里斯托芬曾经在《云》第680行挖苦克勒俄倪摩斯（Kleonymos）有女人气。

[89] 水芹菜子末有一股刺鼻的气味，古代的波斯人用来当芥末吃。

[90] 科托客代（Kothokidai）是俄涅伊斯（Oineis）氏族居住的乡区。

[91] 塞倪拉（Xenylla）是虚构的人物。

[92] 指喜剧演员身边挂着的皮制的阳物。

[93] “地岬”指伯罗奔尼撒半岛与大陆相连的狭窄地带，地岬西边是科林斯海湾，东边是爱琴海。古时候科林斯人把他们的船推上岸来，拖过地岬。

[94] 指古雅典议事会的主席团。古雅典议事会有议事员五百人，由每个混合族的五十个议事员轮流担任三十六七天的主席，其中三分之一必须昼夜值班。

[95] 普倪克斯（Pnyx）是古雅典人开公民大会的地点，在雅典卫城西边的小山上，这里借用来指妇女大会会场。

[96] 这一景戏拟欧里庇得斯的悲剧《忒勒福斯》中忒勒福斯抢走婴儿俄瑞斯忒斯（Orestes）的情节。

[97] “腿肉”指牺牲的腿肉，不是指婴儿的腿肉。实际上剧场上并没有腿肉，也没有祭刀。

[98] 古希腊人于战胜后把敌方的武器挂在柱子上，作为胜利纪念。

[99] 克里特（Krete）是希腊东南边的岛屿。

[100] 古希腊的酒囊是一只完整的羊皮，颈部和四条腿用绳子捆住，放酒时可把一条腿解开。波斯鞋是妇女穿的白色的皮带鞋。

[101] 指妇女把小家具和布料变卖来买酒喝。

[102] 参看注［60］。

[103] “大酒钟节”原文作“科厄斯”（khoes），是花月（Athesterion，古雅典阴历八月，相当于公历二三月之间）庆祝的“花节”的第二日，古雅典人在当天自备酒食，到过节地点用大酒钟比赛喝酒。科厄斯是科俄斯（khoos）的复数，参看注［60］。

[104] “酒神节”指“酒神小节”，即勒奈亚（Lenaia）戏剧节，在二三月之间庆祝。诗人似乎把花节（参看上注）和勒奈亚节当作同一

个节日的两个名称。本剧是在三四月之间庆祝的“酒神大节”上演的，所以这里说，“还要加上上次酒神节以后的一段时间”。

[105]《帕拉墨得斯》(*Palamedes*，已失传)是欧里庇得斯的悲剧，在公元前415年与《特洛亚妇女》同时上演，得次奖。帕拉墨得斯是参加特洛亚战争的希腊英雄，被俄底修斯杀害。他的兄弟俄阿克斯(Oiax)把他的死耗刻在一些桨上，把桨扔到海里，其中一把竟漂过爱琴海，把消息传给他们的父亲瑙普利俄斯(Nauplios)。

[106] 涅西罗科斯在刻Euripides(欧里庇得斯)的名字第三个字母ρ(即r)，读rho(若)。

[107]“插曲”原文意思是“上前”，指人物下场后，歌队上前和观众直接说话。在本剧中，涅西罗科斯和克里梯拉是不能下场的。

[108] 古希腊人的妻子不能随便出前院的大门(即街门)，闺女不能随便出前院的内门(即闺门)，内门之内是内院。

[109] 卡耳弥诺斯(Kharminos)是雅典海军将领，他在公元前412年率领二十艘战舰去截击北上增援的二十七艘斯巴达战舰。他在绪墨(Syme)岛旁边遇见南下迎接援军的斯巴达主力舰队，他以为是北上的斯巴达援军，立即下令进攻，击沉斯巴达战舰三艘，但是他自己的舰队随即被斯巴达主力舰队团团围住，损失了六艘战舰。瑙西玛刻(Nausimakhe)不是真人，这名字的意思是“海战”。

［110］ 克勒俄丰（Kleophon）是个政治煽动家。萨拉巴克科（Salabakkho）是个妓女。

［111］ 斯特剌托尼刻（Stratonike）不是真人，这名字的意思是“胜利军”。阿里斯托玛刻（Aristomakhe）不是真人，这名字的意思是“善战者”。马拉松（Marathon）战役发生在公元前 490 年，希腊人在那次的战役里初次击败波斯军。古希腊军没有妇女参加；诗人是在这里讲笑话。

［112］ 公元前 411 年 5 月底，雅典发生政变，寡头派强迫五百个议事员离职，全体议事员竟无一人反抗（政变后成立“四百人议事会”，但是不久就被民主派推翻）。本剧上演年代是由于公元前 411 年的政变而被断定为公元前 410 年的。欧部勒（Euboule）不是真人，这名字的意思是“善于议事的女人”。

［113］ 此行模仿荷马史诗《伊利亚特》第四卷第 405 行，该行的意思是:“我们自夸我们比我们的父辈强得多。”

［114］ 这里大概是讽刺“四百人议事会”的头子珀珊德洛斯（Peisandros）。一塔兰同合六千德拉克马，参看注［68］。

［115］ 卷纱柱是织布机头上卷纱的圆柱。压线杆是使新织出的线同前一根线靠拢的木杆，在原文里同下文“杆子”（指矛的杆子）一词是同一个字。小提篮指装羊毛的篮子。

［116］“遮阳盾”一词在原文里同上文“遮阳伞”一词是同一个字。兵士在作战时用盾遮住阳光，用矛刺杀。这里讽刺克勒俄倪摩斯等人在作战时弃盾而逃。

［117］斯忒尼亚（Stenia）节在地母节前一日（即皮阿涅普西翁月初九，参看注［5］）庆祝。“阳伞节”原文作“斯客拉（Skira）节”，在斯客洛福里翁（Skirophorion）月（古雅典阴历十二月）十二（约在公历六月尾七月初）庆祝，为崇拜雅典娜的节日。参加庆祝的妇女举行游行，从卫城走到雅典郊区斯客戎（Skiron），有人给雅典娜的祭司打一把阳伞。

［118］原文意思是“剃成碗形”，只剃边缘上的头发，不剃顶部，我们的西南方言叫“剃鼎锅盖”。

［119］许珀玻罗斯（Hyperbolos）是个政治煽动家，在公元前411年（本剧上演前一年）被刺。拉马科斯（Lamakhos）是雅典将军，诗人曾在《阿卡奈人》中把他当作主战派头子。拉马科斯于公元前413年在西西里战死。

［120］指欧里庇得斯的悲剧《海伦》中同名的女主人公。“新人物”有两层意思，第一，这人物是欧里庇得斯新近创造的（《海伦》是公元前411年或前412年上演的）；第二，这人物的故事很新奇，该剧中的海伦一直留在埃及，而同帕里斯（Paris）出奔的则是赫拉制造的

假海伦。

[121] 这三行戏拟《海伦》头三行。海伦是宙斯和勒达（Leda）的女儿，嫁给墨涅拉俄斯（Menelaos）。一般的传说说她被特洛亚王子拐走了，以致引起特洛亚战争。一说她被送到埃及，在那里受到国王普洛透斯（Proteus）保护；普洛透斯死后，他的儿子忒俄克吕墨诺斯（Theoklymenos）要强娶海伦为妻。《海伦》这剧开场时，海伦坐在普洛透斯的坟墓上面求救，念了六十七行独白，头三行是："这些是美丽的仙女们游玩的尼罗河支流，这河用融化了的白雪，代替天降的雨水灌溉着埃及的平原田地。""支流"指尼罗河口的支流，据说古时候有一百条。"仙女们"指水泽女神们。诗人故意用"白色的"一词来代替"黑色的"（意思是"黑人的"）。据说埃及人每月连续吃三天一种黑色的泻药。他们穿的袍子有黑色拖裾。参看欧里庇得斯的《海伦》（《欧里庇得斯悲剧集》第三卷，人民文学出版社，1957）。

[122] 赫卡忒（Hekate）是珀耳塞斯（Perses）的女儿，为下界的女神，能驱使妖魔。

[123] 这一行半引自《海伦》第16、17行。廷达瑞俄斯（Tyndareos）是珀里厄瑞斯（Perieres）和戈尔戈福涅（Gorgophone）的儿子。廷达瑞俄斯娶勒达为妻；有一晚上宙斯冒充廷达瑞俄斯和勒达同居，后来廷达瑞俄斯也回家来了，勒达因此为宙斯生下波吕丢刻斯（Polydeukes）

和海伦，为廷达瑞俄斯生下卡斯托耳（Kastor）和克吕泰涅斯特拉，所以实际上廷达瑞俄斯只是海伦名义上的父亲。

［124］ 佛律农达斯（Phrynondas）是个居住在雅典的侨民，他的名字成了“骗子”一词的代用字。

［125］ 这句引自《海伦》第52、53行。斯卡曼德洛斯（Skamandros）是特洛亚境内的河流。

［126］ 第866行（自“我现在”起至“丈夫”）引自《海伦》第49行。《海伦》第49—51行的意思是：“所以我现在是在这里，但是我的不幸的丈夫招集了军队，向伊利翁的敌楼前进，去追赶那抢掠我的敌人。”墨涅拉俄斯是阿耳戈斯国王阿特柔斯（Atreus）的儿子，他娶海伦后，继承岳父廷达瑞俄斯的王位，做斯巴达国王。伊利翁（Ilion）是特洛亚的别名。

［127］ 这句重见于《海伦》第56和293行。

［128］ 这行引自《海伦》第68行，那是透克洛斯（Teukros）上场时说的头一句话。透克洛斯是萨拉密斯（Salamis）的国王忒拉蒙（Telamon）的儿子，他由于未能挽救他的哥哥埃阿斯（Aias）的性命，被他的父亲放逐了。他路过这里，把墨涅拉俄斯的死耗告诉海伦。海伦听了本想自杀，歌队劝她先去问问女预言者忒俄诺厄（Theonoe）。海伦进宫以后，墨涅拉俄斯才上场。墨涅拉俄斯曾经在海上遭遇风暴，打

破了船。他登岸后把海伦（他并不知道他带回来的是假的海伦）留在岩洞里，只身来到王宫前面。

［129］ 这句戏拟《海伦》第 460 行。墨涅拉俄斯敲宫门，门里出来一个老妇人，她回答墨涅拉俄斯说："普洛透斯住在这宫里。"这句话与剧情不合，因为普洛透斯已经死了，不能再住在这宫里了。阿里斯托芬把剧词加以修改，借此挖苦欧里庇得斯。

［130］ 克里梯拉认为普洛透斯就是普洛忒阿斯（Proteas）。普洛忒阿斯是厄庇克勒斯（Epikles）的儿子，为雅典将军。

［131］ 忒俄诺厄是普洛透斯和珊玛忒（Psammathe）的女儿，她是一个女祭司。

［132］ 古希腊人有三个名字，第一个是本人的名字；因为同名的人很多，所以加上父亲的名字（用属格，意思是某人的儿子或某人的女儿），作为第二个名字；此外，还加上乡区或生长地的名称，作为第三个名字，例如"伽耳革托斯乡的"（意思是伽耳革托斯乡人氏），作为第三个名字。伽耳革托斯（Gargetos）乡区在雅典领土阿提刻（Attika）东北部。

［133］ 在《海伦》剧中，墨涅拉俄斯从女门房那里听说宙斯的女儿海伦住在王宫里，他感到诧异，认为埃及有一个凡人名叫宙斯，这海伦是一个同名的女人。这时候海伦从宫里出来，她已经从忒俄诺厄那里

得悉墨涅拉俄斯并没有死。她一出来就被墨涅拉俄斯挡住。海伦立即认出了这个陌生人是她的丈夫，墨涅拉俄斯却不相信她是他的妻子。在海伦说明了她为什么留在埃及之后，一个报信人前来报告，说墨涅拉俄斯从特洛亚带来的海伦已经升空不见了，墨涅拉俄斯这才相信眼前的女人是他的妻子。后来海伦告诉埃及国王忒俄克吕墨诺斯，她从客人（即墨涅拉俄斯）那里得知她丈夫墨涅拉俄斯已经在海里淹死了，她要求国王给她一只船，让她先到海上去给她丈夫举行葬礼，然后同国王结婚。海伦和墨涅拉俄斯便利用这计策逃走了。

［134］ 引自《海伦》第557行。

［135］ 这行若不是引自《海伦》第561行，便是由该行改编而来的。在《海伦》中，该行被抄漏了，后人把《地母节妇女》中的这行诗补入该剧。

［136］ 引自《海伦》第562行。

［137］ 引自《海伦》第563行。

［138］ 戏拟《海伦》第564行，该行的意思是："我看你也像墨涅拉俄斯；我不知说是什么好。""香草"原文作"伊费翁"（iphion），拉丁学名叫Lavandula Spica，中译名叫拉芳特（Lavender）香草，又叫熏衣草。欧里庇得斯扮演墨涅拉俄斯，他的衣服上插着这种花草，或头上戴着用这种花草编织的花冠。一说伊费翁是一种野菜，诗人借用来挖

苦欧里庇得斯的母亲是个卖野菜的妇人。

[139] 引自《海伦》第565行。

[140] 引自《海伦》第566行。

[141] 指凹着手心要贿赂。

[142] 泡宋（Pauson）是个画动物和漫画的画家，时常穷得没饭吃。

[143] 这环舞太轻浮，不能和庄严的颂歌相配搭，歌队长因此叫停。歌队随即跳一种比较庄严的舞蹈。

[144] 指阿波罗。

[145] 指戏剧比赛的胜利。

[146] 赫拉是克洛诺斯和瑞亚的女儿，为司婚姻和生育的女神。

[147] 赫耳墨斯曾发明杀献牺牲的仪式，因此成为保护动物的神，为牧人所崇敬。潘（Pan）是赫耳墨斯的儿子，也是一位牧神，他爱好音乐。“仙女们”指山林水泽的仙女。

[148] 巴克科斯（Bakkhos）是酒神狄俄倪索斯的别名。

[149] 欧伊俄斯（Euios）是狄俄倪索斯的别名，由赞美狄俄倪索斯的欢呼声“欧嗬”（euhoi）而得名。布洛弥俄斯（Bromios）也是狄俄倪索斯的别名，意思是吵闹神。狄俄倪索斯能作牛吼、狮吼，祭祀他的仪式也是一片喧闹声。狄俄倪索斯是宙斯和塞墨勒（Semele）的

儿子。

［150］ 客泰戎（Kithairon）山在阿提刻和玻俄提亚（Boiotia）交界处。

［151］ 欧里庇得斯扮演《安德洛墨达》中的珀耳修斯。该剧是欧里庇得斯最著名的悲剧之一，已经失传。安德洛墨达是埃塞俄比亚（Aithiopia）的国王刻甫斯（Kepheus）和卡西俄珀亚（Kassiopea）的女儿。卡西俄珀亚自夸她的女儿比涅柔斯的女儿们（参看注［55］）还要美，海神波塞冬因此派了一个海怪来毁坏埃塞俄比亚。神示说，刻甫斯若是把他的女儿安德洛墨达送给海怪吃，他的国土便能得救。刻甫斯因此把安德洛墨达绑在海边的石头上，让海怪来吃。珀耳修斯路过这里，他救了安德洛墨达。戈耳戈（Gorgo）是福耳库斯（Phorkys）和刻托（Keto）的女儿，生在利比亚（Libya）。福耳库斯有三个女儿，都被称为戈耳戈，其中一个名叫美杜莎（Medousa），她本是一个美丽的女子，后来变丑了，头发变成了蛇，谁看见了她，谁就会化成石头。珀耳修斯和他母亲达娜厄落难时去到了波吕得克忒斯（Polydektes）那里，波吕得克忒斯爱上了达娜厄，想置珀耳修斯于死地，因此叫他去取墨杜萨的头。珀耳修斯穿着一双有翅膀的皮带鞋；在天空从镜子里望见墨杜萨，把她杀死了。

［152］ “姑娘们”指《安德洛墨达》中的歌队，该剧中的歌队由

安德洛墨达平日的伴侣组成，她们前来安慰安德洛墨达。

[153] 这三行（自“洞里的”起）戏拟《安德洛墨达》中的歌词。“夫人”是一个双关的词，指安德洛墨达的母亲，兼指涅西罗科斯的妻子。

[154] 指克里梯拉。

[155] “判决票”指陪审员手中的判决票。“漏斗”指投票箱上的漏斗，票由漏斗投入。这句描写陪审员投判决票的快乐。

[156] 格劳刻忒斯（Glauketes）是个好吃的雅典人。

[157] “亲人们”是一个双关的词，指安德洛墨达的亲人们（包括她的父亲刻甫斯），兼指欧里庇得斯。

[158] 观众以为涅西罗科斯会说“把我这不幸的人烧死”，哪知他却说出一句笑话。“蛮子”暗指西徐亚人。

[159] 安德洛墨达曾在《安德洛墨达》的“开场”中对着黑夜的天空悲叹自己的命运，厄科发出回音。安德洛墨达是在等候海怪在天亮的时候来吃她。“地点”指上演《地母节妇女》的酒神剧场。《安德洛墨达》是公元前411年上演的。

[160] 据说这五行（自“神圣的”起）引自《安德洛墨达》的“开场”。

[161] 据说这两行引自《安德洛墨达》的“开场”。

[162] 指厄科。

[163] 这四行半引自《安德洛墨达》。阿耳戈斯在伯罗奔尼撒东北部，为珀耳修斯的家乡。参看注[151]。

[164] 戈耳戈斯（Gorgos）是西西里的智者和修辞学家戈耳癸阿斯（Gorgias，公元前483？—前376？）的诨名。戈耳癸阿斯写过哲学著作。他在公元前427年出使雅典，发表演说，很有名声。

[165] 这一行半引自《安德洛墨达》。

[166] 这一行半（自"向愚蠢的人"起）戏拟欧里庇得斯的悲剧《美狄亚》第298、299行，那两行的意思是："假如你提出什么新学说，那些愚蠢的人就会认为你的话不实用，你这人不聪明。"

[167] 帕拉斯（Pallas）是雅典娜的别名。

[168] 第一曲次节只有三行，本节却有五行，最后两行（自"你恨"起）疑是伪作。

[169] 忒瑞冬（Teredon）是个双管吹手。跳波斯舞，臀部往下蹲，然后一跃而起。

[170] 这些话是对皮制的阳物说的，参看注[92]。

[171] 西徐亚人把阿耳忒弥西亚念成了阿耳塔穆克西亚（Artamouxia）。

[172] 赫耳墨斯刚出生就会偷窃，很是狡猾。

[173] “山”指卫城。按照雅典剧场的演出习惯，凡是到乡下去的人物应自观众左方下。本剧是在卫城南边的酒神剧场里上演的。卫城的城门是观众右方，但是上山等于下乡，所以歌队长的意思是叫西徐亚人朝观众左方的出口追去。

[174] 歌队长希望本剧能获得戏剧奖赏。

附录　1981 年版《阿里斯托芬喜剧二种》材料

译后记

安菲波利斯战役之后，雅典和斯巴达于公元前 421 年订定“五十年和约”，此后数年间只有地方性冲突。到了公元前 415 年，雅典人在阿尔喀比阿得斯的鼓动之下远征西西里。阿尔喀比阿得斯在征途上叛变，投奔斯巴达。他后来怂恿斯巴达人出兵援助西西里。公元前 413 年秋，远征军全部覆灭，损失战舰一百五十艘。公元前 411 年 5 月寡头派夺权，成立四百人议事会，同年 9 月被推翻。这次的动乱是阿尔喀比阿得斯煽动起来的，他利用寡头派被推翻的机会重新掌握雅典的兵权。此后局势转变，于雅典有利。阿尔喀比阿得斯几次击败斯巴达联军，雅典似乎有了得救的希望。《地母节妇女》于公元前 410 年上演，剧中的愉快气氛是和当日雅典人的轻松心情相适应的。

《地母节妇女》没有评论政治，也没有进行人身攻击。在禁令之下，喜剧失去了言论自由。这剧主要嘲讽欧里庇得斯。欧里庇得斯（公元前 480？—前 406）是古希腊三大悲剧诗人之一。他反对雅典对外采取高压政策。他拥护民主制度。他对穷人和奴隶表示同情。他接受智者派的进步思想，对神抱怀疑态度。他批判不合理的婚姻制度，对妇女所受的压迫和痛苦表示愤慨。他善于描写妇女的心理。他的女人物是多种多样的，其中一些，根据剧情的需要，不免暴露出她们自身的弱点。从古至今，有许多评论家把欧里庇得斯说成“憎恨妇女的人”。可是当他们看见欧里庇得斯创造的女英雄人物，如替丈夫死的阿尔刻提斯（Alkestis），为远征军能够出发而牺牲自己性命的伊菲革涅亚（Iphigeneia），和宁可自由而死、不愿为奴的波吕克塞娜（Polyxena）的时候，他们却闭口不说诗人是“讨好妇女的人”。阿里斯托芬不过是借欧里庇得斯讲妇女的坏话这个题目来写喜剧，并不是在严厉地指责这位悲剧诗人。剧中的欧里庇得斯并没有屈服，他在最后一景里还是理直气壮地向妇女们提出议和的条件，要是遭到拒绝，他还是要继续讲妇女的坏话。

阿里斯托芬也嘲笑雅典的妇女。剧中的妇女也承认她们自身有弱点。所以这个喜剧也有一定的社会意义。

剧中戏拟的《海伦》和《安德洛墨达》，是欧里庇得斯最著名的悲剧，为古希腊人所喜爱。阿里斯托芬把悲剧融合到喜剧里，使观众感到喜悦。他不但没有贬低欧里庇得斯的悲剧艺术，反而欣赏他的才能。

这剧的主要人物是欧里庇得斯的亲戚涅西罗科斯。他善于嘲笑别人，做事鲁莽，性格狡猾，言语粗俗，心里焦急而表情轻松。这个人物不仅是一个类型，他已经具有鲜明的个性，栩栩如生。

这剧的结构有一个特点，就是剧情的发展一直没有中断，甚至“插曲”的内容也是与主题相联系的。剧中的“结”直到尾上才解开。

就艺术而论，《地母节妇女》是阿里斯托芬的一个相当完美的喜剧。

阿里斯托芬在古代很受人称赞。希腊化时期和罗马时期的诗人和学者很推崇他的非凡的智慧、尖锐的讽刺和优美的风格。阿里斯托芬的喜剧在文艺复兴时期再度引起人们的重视。从16世纪起，他的作品对欧洲文学产生了广泛的影响。

在法国，讽刺作家拉伯雷的创作方法接近于阿里斯托芬，诗人拉辛模仿阿里斯托芬的《马蜂》，写《爱打官司的人》。在英国，讽刺作家斯威夫特受过阿里斯托芬的影响，菲尔丁模仿古希腊旧喜剧写政治讽刺剧。在德国，歌德改编过《鸟》，海涅自称是阿里斯托芬的继承者。

这两个译剧（《马蜂》和《地母节妇女》——编者注）在个别词句和说话人的安排方面，有时采用别家的版本，均未一一注出。读者对此如感觉兴趣，可参看牛津本、毕代（Budé）本、格雷夫斯本、勒布（Loeb）本即罗杰斯本，罗杰斯另有详细注解的单行本。

1980年10月